Rosalie

Volume 2

la courte échelle

Les éditions de la courte échelle inc.
160, rue Saint-Viateur Est, bureau 404
Montréal (Québec) H2T 1A8
www.courteechelle.com

Dépôt légal, 3e trimestre 2011
Bibliothèque nationale du Québec

La courte échelle reconnaît l'aide financière du gouvernement du Canada
par l'entremise du Fonds du livre du Canada pour ses activités d'édition.
La courte échelle est aussi inscrite au programme de subvention globale du
Conseil des Arts du Canada et reçoit l'appui du gouvernement du Québec
par l'intermédiaire de la SODEC.

La courte échelle bénéficie également du Programme de crédit d'impôt
pour l'édition de livres – Gestion SODEC – du gouvernement du Québec.

**Catalogage avant publication de Bibliothèque et Archives nationales
du Québec et Bibliothèque et Archives Canada**

Anfousse, Ginette

    Rosalie

    Chaque œuvre a été publ. séparément à partir de 1987.
    Sommaire : v. 2. Les catastrophes de Rosalie ; Les vacances de Rosalie ;
    Rosalie à la belle étoile.
    Pour les jeunes de 9 ans et plus.

    ISBN 978-2-89651-429-8 (v. 2)

    I. Sarrazin, Marisol. II. Titre.

PS8551.N42R674 2009   jC843'.54   C2009-941656-5
PS9551.N42R674 2009

Imprimé au Canada

Ginette Anfousse

Lorsque Ginette. Anfousse était enfant, elle prenait des cours de danse et rêvait de devenir ballerine. Mais la vie l'a menée vers deux autres passions : l'écriture et le dessin. Aujourd'hui, Ginette danse avec les mots ! Elle vit sa vie d'écrivaine dans sa maison des Laurentides, au bord d'un lac paisible. Ses idées peuvent surgir n'importe quand, mais c'est le matin qu'elle préfère s'isoler pour écrire. Dans l'atelier silencieux, la chienne Charlotte attend patiemment que sa maîtresse soit sortie de ses histoires pour aller faire de longues promenades et cueillir des framboises, leur fruit préféré.

Marisol Sarrazin

Marisol Sarrazin a grandi dans les Laurentides, entourée de parents qui dessinaient et écrivaient. Touche-à-tout, elle a fait des détours par la sculpture, la mise en scène, le théâtre, le cinéma, la danse, avant de se consacrer à l'illustration. Aujourd'hui elle travaille beaucoup, avec différents auteurs, dont sa mère Ginette Anfousse. De la fenêtre de son atelier entouré par la nature, Marisol voit passer des renards, et parfois même des ours… peut-être attirés par le chocolat dont elle raffole.

De la même auteure à la courte échelle

Collection Tout carton
Série Polo Pépin :
Polo et l'anniversaire
Polo et le panier de fruits
Polo à la ferme
Polo et la musique
Polo et la fête de la citrouille
Polo et le bonhomme de neige

Collection Albums
Série Jiji et Pichou :
Mon ami Pichou
La cachette
La chicane
La varicelle
Le savon
L'hiver ou le bonhomme Sept-Heures
L'école
La fête
La petite soeur
Je boude
Devine ?
La grande aventure
Le père Noël

Série Polo Pépin :
Polo et le Roulouboulou
Polo et le garde-manger
Polo et l'écureuil volant
Polo au zoo

Collection Premier Roman
Série Arthur :
Le père d'Arthur
Les barricades d'Arthur
Le chien d'Arthur

Collection Roman Jeunesse
Série Rosalie :
Les catastrophes de Rosalie
Le héros de Rosalie
Rosalie s'en va-t-en guerre
Les vacances de Rosalie
Le grand rêve de Rosalie
Rosalie à la belle étoile
Le grand roman d'amour de Rosalie
La grande frousse de Rosalie

Hors collection Roman Jeunesse
Série Rosalie :
Rosalie, volume 1

Collection Ado
Un terrible secret

Rosalie voyage autour du monde…

Les lecteurs de nombreux pays connaissent bien Rosalie, puisque ses aventures sont traduites en anglais, en espagnol, en italien, en allemand, en grec et en chinois.

Ginette Anfousse à l'honneur !

• Selection IBBY (Canada) « Livres d'images canadiens remarquables » pour *Polo et le Roulouboulou* (2003)

• Sceau d'argent, Prix du livre M. Christie pour *Polo et le Roulouboulou* (2003)

• Finaliste du Prix du livre M. Christie pour *Les barricades d'Arthur* (1993)

• Lauréate du Prix La bibliothèque du parfait Montréalais pour *Les catastrophes de Rosalie* (1992)

• Finaliste du Prix du Gouverneur général du Canada - catégorie Littérature jeunesse (texte) pour *Un terrible secret* (1991)

• Prix du livre M. Christie pour *Rosalie s'en va t'en guerre* (1990)

• Prix Québec/Wallonie-Bruxelles pour *Les catastrophes de Rosalie* (1988)

• Prix Fleury-Mesplet, meilleure auteure jeunesse des dix dernières années au Québec (1987)

• Liste d'honneur IBBY, Union internationale pour les livres de jeunesse, pour *La chicane* (1978)

• Prix du Conseil des Arts du Canada pour *La varicelle* et *La chicane* (1978)

Pour en savoir plus sur la série Rosalie,
visitez le www.courteechelle.com/collection-roman-jeunesse

Ginette Anfousse

LES CATASTROPHES DE ROSALIE

Illustrations
de Marisol Sarrazin

la courte échelle

Pour Fernande, ma mère,
avec beaucoup d'amour et d'admiration

Ce n'est pas du tout parce que je suis mal élevée que je dis:"Sapristi de mocheté!" C'est parce que ça agace un peu mes mères. Même que ça les chicote drôlement toutes les sept. J'aime bien les taquiner un peu, elles sont si parfaites.

J'ai exactement neuf ans sept mois trois jours et je m'appelle Rosalie. Ma vie a commencé par une catastrophe, une sapristi de mocheté d'énorme catastrophe.

D'abord, je n'avais que deux mois quand j'ai perdu mon vrai père et ma vraie mère. C'était dans le pire accident aérien que le Québec ait connu. J'étais trop petite pour avoir du chagrin et le seul souvenir que j'ai d'eux, c'est une photo couleur. J'y suis coincée entre mes parents et je mâchouille une suce en braillant.

À l'époque, les sept soeurs de mon

père m'ont adoptée. J'ai hérité aussitôt d'une litanie de petits noms. Encore aujourd'hui, je ne suis pas seulement une Rosalie, je suis aussi: le *poussin* de tante Alice, le *coeur* de tante Béatrice, la *soie* de tante Colette, *l'ange* de tante Diane, *l'oiseau des îles* de tante Élise, la *mouche* de tante Florence et le *poison* de tante Gudule.

Cela fait exactement neuf ans cinq mois trois jours qu'on habite ensemble la maison du boulevard Saint-Joseph. C'est une immense maison à deux étages, située juste en face de la vieille église Reine-Marie. Même si mes sept tantes ont plein de respect pour ce vénérable boulevard, moi, je préfère les petites rues de côté. C'est là qu'avec mes amis, loin du regard de mes mères, dans les ruelles et les garages, j'ai grandi.

Chapitre I
Le Céleri surveillant

Tante Alice, l'aînée, est douce, très douce. Trop douce, comme dit tante Béatrice, pour diriger une maison.

Tante Béatrice, elle, n'est pas douce du tout. Longue comme une branche de céleri, elle gesticule tout le temps. Elle a des allures d'agent de la circulation. Elle a aussi deux yeux gris pointus qui épient. Des yeux qui remarquent la moindre poussière, la moindre traînerie.

Elle s'occupe du garde-manger et elle crie toujours au gaspillage.Tante Béatrice surveille toutes les allées et venues. C'est une sorte de gardienne des portes, des escaliers, des corridors. C'est pour ça qu'en secret, je l'ai surnommée "le Céleri surveillant".

Dès notre arrivée sur le boulevard, c'est donc tante Béatrice qui a pris en main la maison en général et mon éducation en particulier. Sous le regard attentif du Céleri surveillant, moi, bébé Rosalie, je n'ai pas creusé des tunnels dans mes patates très longtemps. C'est à peine si j'ai craché quelques bouchées de petits pois sur le plancher trop ciré. J'ai dû, par contre, avaler une quantité invraisemblable de purée de carottes, des montagnes d'épinards, des cargaisons de vitamines C et des bidons d'huile de foie de morue.

Pour ma santé, tante Béatrice calculait tout: les protéines, les calories, les hydrates machins... Elle mesurait avec autant de soin mes heures de veille et mes heures de sommeil.

Malgré mes neuf ans et demi, je suis toujours et encore esclave de son sapristi de mocheté de régime équilibré.

Chaque soir, à neuf heures, dès que j'ai bu mes trois gorgées d'eau réglementaires, tante Béatrice monte avec moi dans ma chambre.

— T'as bien brossé tes dents, *mon coeur?* qu'elle me demande en tirant mon édredon. Elle tapoche mon oreiller, bouscule mon ourson, m'embrasse sur le front. Et, triomphante, elle sort de ma chambre. Moi, dans le noir, j'attends...

J'attends d'abord la visite de tante Alice avec ses deux biscuits sucrés. Puis, la visite de tante Colette avec sa tranche de fromage fondant. Puis, j'attends encore la figue confite de tante Diane, puis la poignée de cerises de tante Élise, puis le caramel mou de tante Florence et, pour finir, le verre de lait au chocolat de tante Gudule.

Après, après seulement, je peux dormir.

Comme chacune de mes tantes ignore la visite des autres, moi, dans le secret de ma chambre, loin du Céleri surveillant, j'en profite en silence.

***

Depuis quelque temps, tante Béatrice me tourne autour et soupire. Elle me tripote les joues et le ventre et elle soupire encore. Il est clair qu'elle n'est pas contente. Hier, enfin, j'ai su pourquoi:

— Je ne comprends pas, *mon coeur*, je ne comprends pas! Tu aurais dû perdre depuis longtemps ta graisse de bébé! Tu es bien certaine qu'à l'école ou en cachette tu ne t'empiffres pas de sucreries?

Même qu'elle a ajouté: "... de cochonneries?" Tante Alice lui a répondu:

— Tu exagères toujours! Cette enfant pète de santé. Tu ne voudrais tout de même pas qu'on prive *mon poussin* et qu'on le mette au régime! Tante Alice, la douce, était si offusquée que tante Béatrice n'a plus rien dit du tout.

C'est seulement à cause de mon étourderie, seulement à cause de mon sapristi d'oubli que tante Béatrice, quelques jours plus tard, a tout compris.

Gourmande comme un ogre, je devais avoir la tête ailleurs pour oublier mon sac à lunch sur le comptoir de la cuisine. Ce n'est qu'à midi, à l'école, après avoir fouillé dans ma case, mon pupitre et mon sac, que je me suis résignée. La pauvre Rosalie n'avait absolument rien pour dîner.

Je me suis assise dans un coin de la cafétéria et j'ai dit assez fort:

— Je crois bien que je n'ai pas beaucoup faim, à midi.

Nicolas, un grand maigrichon de sixième année, a répliqué en éclatant de rire:

— Vous avez entendu, Rosalie-la-citrouille qui se met au régime?

Je lui aurais mordu les oreilles, mais j'étais si gênée que, le nez baissé, j'ai fixé le carrelage.

Ce n'est pas très intéressant un carrelage noir et blanc mais ça m'a permis de passer du temps. Puis, deux souliers rouges à talons hauts ont stoppé juste devant moi. J'ai relevé le nez. C'était la directrice. Elle a déposé sur la table sept gros sacs biens dodus en disant:

— C'est pour toi, Rosalie, mais je ne sais pas pourquoi, ils sont arrivés les uns après les autres.

Moi, j'avais compris. Sur chacun des sacs, il y avait un mot griffonné à la mine. En gros, c'était écrit:

"Cette fois-ci, je te pardonne ton étourderie, n'en parle pas à tes tantes, c'est entre nous, bon appétit!"

L'un des sacs était signé Alice, l'autre Béatrice, l'autre Colette, l'autre Diane, l'autre Élise, l'autre Florence et le dernier Gudule.

J'ai souri bêtement et, écoeurée, j'ai bafouillé:

— Sapristi de mocheté de sapristi de mocheté!

Surtout que le maigrichon de sixième année pointait déjà du doigt mes sacs à lunch, en riant et en criant:

— Vous avez vu? Vous avez vu? Les sept régimes de Rosalie-la-citrouille!

Ce midi-là, c'est à peine si j'ai pu avaler un quartier d'orange. Le soir, j'ai rapporté à la maison les sept sacs à lunch avec leurs mots griffonnés dessus. Je les ai posés bien en évidence sur le comptoir de la cuisine. C'était la meilleure façon que j'avais trouvée de faire comprendre à mes sept tantes que sept lunchs, c'était un peu exagéré.

Le même soir, tante Béatrice a organisé le premier grand conseil de famille. Mes six tantes ont *tout* avoué au Céleri surveillant. D'abord, les biscuits à la mélasse, le fromage fondant, la figue confite, la poignée de cerises, le caramel mou puis le grand verre de lait au chocolat.

J'ai tout entendu... je le sais, j'ai écouté par le trou de la serrure.

Après chaque aveu, tante Béatrice poussait un petit cri, un long soupir, puis un autre petit cri. Elle mesurait l'ampleur de la trahison.

Puis, mes tantes ont chuchoté longtemps.

Comme je n'entendais plus rien, j'ai filé dans ma chambre. Dès le lendemain, le conseil avait conclu: je devais me mettre au régime pour perdre toutes ces protéines, ces calories et ces hydrates machins... Je devais aussi:

les lundis faire de la natation avec tante Béatrice,

les mardis, de la culture physique avec tante Colette,

les mercredis, des promenades à la montagne avec tante Diane,

les jeudis, du judo avec tante Élise,

les vendredis, du yoga avec tante Florence

et tous les samedis, de la course à pied avec tante Gudule.

Tante Alice se chargeait du dimanche. Elle me suggéra gentiment de me reposer.

Le soir, dans le noir, après mes trois gorgées d'eau réglementaires, il n'y a plus que tante Alice qui ose encore se glisser dans ma chambre. Et, un peu honteuse, elle place deux gros biscuits à la mélasse sous mon oreiller.

Chapitre II
Les 64 Fautes

Un mois plus tard, tante Béatrice avait retrouvé sa belle humeur et moi, j'avais perdu deux gros kilos. J'ai réuni mes sept tantes au salon et, debout sur la balance, j'ai décidé de leur parler.

— Je sais bien que toutes les mères du monde ne veulent que du bien à leurs enfants. (Et j'ai un peu fixé tante Béatrice dans les yeux.) Je sais aussi qu'il est possible pour une mère d'avoir sept enfants. (Et j'ai regardé mes tantes à tour de rôle.) Mais comment vous dire que... que c'est plutôt rare, et difficile, pour une seule enfant, d'avoir sept mères en même temps.

Là, j'ai regardé en l'air. Puis, j'ai continué:

— C'est surtout... surtout bien épuisant!

Là, je crois bien que j'ai reluqué mes souliers. Et comme je ne trouvais plus rien à dire, tante Alice, la douce, s'est approchée. En me caressant les joues, elle a murmuré:

— *Mon poussin* a perdu ses belles couleurs de bébé. Vous ne trouvez pas qu'elle a mauvaise mine?

Le Céleri surveillant a soulevé les épaules en soupirant.

Et toutes mes tantes, sans exception, ont décidé que le grand plan d'exercices pouvait être interrompu.

Tante Élise était particulièrement heureuse, elle qui craignait toujours que mes études soient négligées. Moi, je pensais que c'était surtout mes amis que j'avais négligés.

Enfin, j'ai pu revoir mon amie Julie à mon goût. C'est-à-dire à l'école parce qu'elle est dans ma classe, et après la classe parce qu'elle habite la maison d'à côté.

Julie, c'est ma meilleure amie. On est toujours ensemble. Elle additionne, multiplie, soustrait et divise aussi vite qu'une calculatrice électronique. En mathématiques, c'est la meilleure. Moi, à l'école, je suis la meilleure en rien. Et c'est en orthographe que j'ai le plus de difficultés. Ce n'est pas grave du tout parce que moi, ce que je préfère, c'est parler.

Parler, c'est beaucoup plus rapide et personne, non, personne ne peut deviner le nombre de fautes d'orthographe que je peux faire.

Mademoiselle Bibiche, ma professeure de français, n'est pas d'accord. Elle dit que c'est aussi important de savoir écrire que de savoir parler. Et elle croit avoir eu une chouette idée!

Chacun de nous doit choisir un sujet. Puis à la maison, noter ses meilleures idées. Elle dit que cela s'appelle un plan. Elle affirme que ce plan nous aidera beaucoup demain, puisque chacun de nous ira devant la classe parler dix minutes de son sujet.

Moi, je trouve que ce n'est pas une chouette idée. Julie non plus. Parler pendant dix minutes, ce n'est pas un problème. Mais choisir un sujet, construire un plan et l'écrire en plus, c'est le plus sapristi de mocheté de devoir que j'aie jamais eu.

Je me suis cassé la tête longtemps. Mais c'est en regardant la vieille photo couleur, où je mâchouille ma suce entre mes parents, que j'ai trouvé mon sujet. J'ai d'abord écrit mon titre en majuscules,

au milieu de la page, et j'ai continué.
C'était:

L'ORFELINE

Je n'ai pas de père, ni de mère. Ces un grand drame, et je ne devrais pas être ici dutout. Je devrais être dans un belle orfelinat avec plein d'orfelins et d'orfelines pareil comme moi. Pour mon pire malleur, les sept soeur de mon père on décidé de m'adopté. C'est pour ça aujourd'hui que je suis toute seul. Ce n'est pas juste du tout, par ce que mes sept tantes on décidé de devenir aussi comme mes sept mères. D'abord, tante Alice surveille toujour si je n'ai pas la goute au nez comme un bébé. Ou encore, si j'ai assez mangé.

Tante Béatrice surveille, elle, si je n'ai pas trop mangé, elle exsige en plus que je me brosse les dants avant même d'avoir fini davaler. Tante Colète ne mamène jamais au cinéma. Même si elle me trouve trop sérieuse pour mon age. Elle trouve que j'ai le dont de toujour tombé au mauvais moment. Ces elle que je dérange le plus. Avec tante Diane, faut tous le temps que je sois belle, propre et bien abillée. Elle ne supporte jamais une tâche sur mes vêtement, un trou dans mon bas ou un cheveu déplacé.

Tante Élise est gronnione comme un ourson. Elle voudrais que déjà, à mon age, je sois savente. Elle me fait réppeter et articuler tout ce que je dit de travères. C'est elle qui est responsable de mes études et de mon avenir. Tante Fleurence veut absollument que je me tiene sur la tête, les jambe en l'aire. Elle fait du joga, trouve que je mange trop de viande, pas assez de graine et que je manque de spirituellité.

Tante Gudule, elle, m'envoi vingt fois par jour courrir au dépaneur chercher un sachet de comprimés, une revue de mode ou une nouvelle crème de bauté. Je manque allor mes meilleur émission de télévision. Comme vous voyez, se n'ai pas drole la vie d'une orfeline qui n'a pas eu la chance de vivre dans un orfelinat. En plus, je n'ai même pas un vrai père, une vrai mère, un vrai frère, une vrai soeur à qui parlé et que moi, Rosalie Dansereau, je nen orai jamais.

Rosalie Dansereau

J'ai souligné le titre *L'ORFELINE* et le dernier mot, *jamais*. J'ai mis la date et j'ai signé. J'étais fière, j'avais un sujet, un plan et, enfin, une occasion d'expliquer à toute la classe la vraie vie d'une orpheline.

Le lendemain, je n'étais pas nerveuse du tout. D'abord, j'avais appris mon texte par coeur. Les élèves ont tous bien écouté puis, à la fin, ils ont applaudi longtemps. Mademoiselle Bibiche m'a donné la plus belle note de toute ma vie. Sur ma composition, elle a écrit en rouge:"Excellent! Bravo, Rosalie!" Puis, elle a mis un gros B +.

À la fin de la journée, beaucoup d'amis se sont approchés de moi pour me consoler. Et Marco, le plus malin et le pire tannant de la classe, m'a même dit:

— Tu sais, Rosalie, moi, je te comprends. Ta vie, bien... c'est pareil comme moi.

Puis il est parti.

Jamais je n'aurais pu imaginer que Marco Tifo pouvait être, lui aussi, un orphelin! J'étais contente parce que, entre orphelins, c'est sûrement plus facile de se comprendre.

* * *

Pendant de longues minutes, j'ai attendu, le nez collé à la vitre de ma chambre, l'arrivée de tante Élise. J'avais si hâte de lui montrer mon gros B + et mon "Excellent! Bravo, Rosalie!"

J'ai enfin reconnu sa serviette noire, elle remontait la rue. J'ai attendu qu'elle entre dans sa chambre. Mon coeur battait très fort. Ma composition à la main, j'ai frappé. Je l'ai entendue murmurer derrière la porte:

— Tiens, *mon oiseau des îles* qui est en avance! Qu'est-ce qui se passe? Entre, ma Rosalie.

Comme toujours, avant d'aller chez tante Élise, j'ai pris une grande respiration. Sa chambre contient autant de livres que le plancher peut en supporter. Comme elle est très savante, elle a aussi de grosses lunettes qui lui donnent un regard de hibou. Ça m'impressionne beaucoup. Tante Élise étudie le comportement des singes dans un laboratoire à l'université. Elle dit que c'est absolument fascinant. Je la crois, mais cela ne m'empêche pas d'être un peu intimidée.

En entrant, je lui ai dit:

— Tante Élise! Tante Élise! Je crois

que je commence à devenir savante comme toi! Regarde!

J'ai tendu la feuille pour qu'elle voie mon gros B + et mon "Excellent! Bravo, Rosalie!" écrits en rouge sur le coin gauche de ma composition.

Elle était rayonnante comme un ange, ma tante Élise, quand elle a relevé ses lunettes pour mieux voir de près. Et c'est à mesure qu'elle lisait, silencieusement, que j'ai réalisé.

J'ai réalisé combien j'avais choisi un mauvais sujet, un sapristi de mauvais sujet, un sapristi de mocheté de mauvais sujet!

D'abord, les sourcils de tante Élise se sont froncés. Puis ses yeux sont devenus comme grands, puis la couleur de son visage a comme changé.

Alors, j'ai dit:

— Tante Élise, je n'aurais pas dû... je n'aurais pas dû prendre un sujet semblable. J'aurais dû parler de... de mes livres préférés, de ma collection de timbres ou... des plaisirs de l'automne, ou de la simple agonie d'une souris prise dans une trappe à rat! Je sais, tante Élise, que je n'aurais pas dû parler de mon vrai père et

de ma vraie mère, mais... je...

Puis, je n'ai plus rien dit.

Je m'attendais au pire sermon sur mon manque de reconnaissance, sur l'amour gratuit, généreux, exemplaire de mes sept tantes. Sur l'infinie ingratitude de moi, leur petite fille, Rosalie.

J'aurais voulu disparaître sous des piles de livres. J'étais là, prise au piège, dans un labyrinthe sans aucune porte de sortie.

Tante Élise a lu jusqu'au bout. Elle a remis ses lunettes de hibou. Elle m'a regardée en disant:

— Tu te rends compte, ma petite Rosalie, que j'ai compté exactement soixante-quatre fautes d'orthographe dans ta composition?

J'ai répondu sans y penser:

— Tu es certaine, tante Élise, que tu n'as trouvé *que* soixante-quatre fautes d'orthographe dans ma composition?

— Absolument certaine, *mon oiseau des îles..* Et tu te l'imagines, c'est beaucoup, beaucoup trop de fautes pour une élève de quatrième année. Puis, elle a continué:

— Ton sujet est bien trouvé. Ton

plan parfaitement cohérent. Et, ma foi, ta composition ne manque pas d'imagination. Au contraire, elle est pleine d'idées. Je comprends ton B + et ton "Excellent! Bravo, Rosalie!" Mais, *mon oiseau des îles*, il te faudra prendre ton dictionnaire, sortir ta grammaire et corriger ces soixante-quatre fautes, si tu veux que je commence à te croire un peu savante. Allez! Ouste! Et rapporte-moi cette composition parfaitement corrigée.

Sapristi de mocheté de sapristi de mocheté! Pendant toute la semaine, j'ai dû corriger, corriger, corriger. Même que j'ai encore négligé mon amie Julie.

Enfin, le vendredi suivant, tante Élise m'a dit:

— Je suis très fière de toi. "Excellent! Bravo, Rosalie!" Tu as pu corriger soixante-deux de tes fautes. Bien qu'il t'en reste encore deux, jamais, jamais je n'aurais cru que *mon oiseau des îles* puisse corriger soixante-deux fautes d'orthographe, et cela, en quatrième année.

— Moi non plus, tante Élise, je ne l'aurais pas cru, que j'ai répondu.

Elle est venue tout près de moi et m'a

chuchoté à l'oreille:

— Dis-moi, Rosalie, tu voudrais que l'on parle un peu, entre amies, toutes les deux?

Je n'avais rien à dire. Et surtout, je savais que Julie m'attendait sur le perron. J'ai embrassé tante Élise sur le front et j'ai dit en sortant:

— Oh oui, tante Élise, dès que j'aurai un nouveau B +, on parlera entre amies!

Chapitre III
Pinotte

Tante Diane aime bien raconter des histoires. Surtout des histoires d'amour avec des princesses pâles, tristes, mourantes de langueur et d'ennui. Elles sont toujours secourues par de beaux princes riches, jeunes, forts et courageux. Les princesses de tante Diane sont toujours blondes et elles ont toujours de merveilleux yeux bleus.

Moi, j'ai les cheveux et les yeux noirs comme de la réglisse et je ne suis pas triste du tout. Il est évident que je ne serai jamais secourue par un beau prince riche, jeune, fort et courageux.

Quand j'ai osé le dire à tante Diane, elle a répondu:

— Mais, *mon ange*, ce ne sont que des histoires! Dans la vie, les choses sont bien différentes!

— Alors, raconte-moi une histoire bien différente.

C'est alors que tante Diane m'a raconté la vraie histoire de son premier amour.

À l'époque, les garçons avaient une bien curieuse façon de prouver leur amour aux filles. Ils avalaient, me jura-t-elle, toutes sortes de petites horreurs, comme des mouches, des fourmis, des chenilles et même des araignées.

Pinotte, c'était le nom de son premier amoureux. C'était un grand maigre aux cheveux rouges. Il avait les joues criblées de taches de rousseur. Un jour, pour prouver à tante Diane qu'il n'avait peur de rien et qu'il était le plus brave, il a croqué devant elle un énorme taon bien vivant. L'insecte l'a piqué sur le bout de la langue! Le pauvre Pinotte a hurlé, bondi, et pris la poudre d'escampette. Tante Diane ne l'a jamais revu.

Marco Tifo n'a pas les cheveux rouges, mais depuis que je sais qu'il est orphelin comme moi, je crois bien que j'ai commencé à le voir d'une autre façon. J'aimerais assez qu'il avale quelques petites mochetés. Mais aujourd'hui, les garçons, pour prouver leur amour, manquent complètement de courage et d'imagination. La plupart du temps, ils nous

tapochent dans un coin ou ils nous crient des noms.

J'ai donc décidé de trouver un prétexte pour attirer son attention. C'est en jouant au ballon chasseur, dans la cour de l'école, que l'idée m'est venue, claire comme une ampoule électrique, lumineuse comme un rayon laser.

Lorsque j'ai reçu une passe de Julie, j'ai bien serré le ballon et je l'ai lancé de toutes mes forces, en visant l'arrière de la tête de Marco Tifo. J'ai crié aux autres:

— Je m'en occupe!

Marco, étendu par terre à demi inconscient, ne bougeait plus. C'était le moment. Je me suis avancée.

— Tu souffres beaucoup?

J'ai soulevé sa tête avec infiniment de précaution. Il a ouvert les yeux et il a dit:

— Outch! Je crois bien que c'est cassé.

— Tu crois vraiment que ta tête est un peu fêlée, mon pauvre Marco?

— Pas ma tête, Rosalie Dansereau, mais mon pied! qu'il a répondu en tentant de se relever.

Il boitait un peu. J'en ai profité pour l'aider à marcher. Je lui ai demandé s'il voulait que je le ramène à son orphelinat.

— Quel orphelinat?

— Celui où vivent tous les orphelins, sapristi de mocheté! C'est toi-même, l'autre jour, qui m'as raconté que ma vie d'orpheline, tu la comprenais, parce que ta vie à toi, c'était pareil comme moi!

Toujours appuyé sur mon épaule, il a fait la grimace et il a dit:

— Les filles, ça comprend toujours de travers! Mais tu peux quand même

venir me reconduire à la maison.

Il habitait la rue Garnier et c'est dans le garage de son père qu'il m'a tout expliqué. D'abord, qu'il vivait seul avec son père et son chien Popsi. Que sa vraie mère n'était pas du tout morte, comme la mienne, dans un accident d'avion, mais qu'elle vivait à l'autre bout du pays. Qu'il la voyait une fois par année, pendant les vacances d'été. Comme moi, il avait eu depuis six ans au moins sept mères différentes, même s'il ne les avait pas toutes comptées. Il a dit que la plus insupportable, c'est toujours la dernière amie de son père et que, justement, la toute dernière est là depuis un mois. En plus, elle a l'abominable manie de l'appeler "mon pigeon". Marco doute beaucoup que son père soit un vrai père parce qu'il a rarement l'occasion de l'avoir pour lui tout seul. Quand je lui ai dit, horrifiée:

— Mais... tes parents sont séparés?

Il a répondu:

— Séparés et divorcés.

Après, son pied cassé s'est subitement réparé. Marco a grimpé à une poutrelle du garage. Il a dénoué un jeu d'anneaux et de trapèze et, malgré ses blessures, il a fait pour moi une dizaine d'acrobaties dangereuses. Je l'ai quitté en lui promettant de venir le lendemain le voir exécuter son "double saut périlleux arrière".

* * *

Le soir, en vernissant les ongles de tante Diane, je lui ai raconté en secret toute la vie de Marco. Tante Diane a souri puis, dans le mauve de sa chambre, elle m'a chuchoté à l'oreille:

— Rosalie, *mon ange*, tu me promets de ne pas lui demander d'avaler des petites horreurs, hein?

— Tu veux dire, comme des mouches, des fourmis, des chenilles ou des petites mochetés semblables? Jamais, jamais, jamais, tante Diane, une pareille idée ne me viendrait à l'esprit, voyons!

Et j'ai continué à polir les ongles de tante Diane, avec dans le coeur un immense élan qui me donnait des millions d'autres idées.

Chapitre IV
L'halloween

Les jours raccourcissent. Il fait déjà noir à quatre heures. Dans toutes les vitrines des marchands de la rue Papineau, d'énormes citrouilles grimacent. Des sorcières au nez tordu chevauchent des balais de crin.

Même que chez le dépanneur, un squelette géant gigue sur des piles de boîtes de conserve. C'est là que tante Gudule et moi on a acheté nos deux grosses citrouilles. L'une pour les tartes de tante Alice, l'autre pour décorer la fenêtre qui donne sur le boulevard.

La veille de l'halloween, c'est toutes ensemble qu'on découpe les courges. On retire la tignasse orange où nichent les dizaines de graines. Tante Béatrice les fait sécher au four. Tante Gudule en réserve une poignée pour les moineaux.

Moi, je me charge toujours de la citrouille décorative. Avec un crayon feutre, je trace d'abord deux yeux sournois. Je dessine un nez pointu, puis la bouche, avec des dents qui donnent la trouille. C'est tante Diane qui découpe les traits avec un couteau tranchant. Puis, on glisse à l'intérieur une chandelle allumée et on éteint les lumières.

Fiou! J'ai fait le saut! Cette année, ma citrouille est réussie. Elle a un sapristi de mocheté d'air de monstre! Dans la fenêtre, demain, je suis certaine qu'elle attirera tous les vampires, les gnomes, les mauvais esprits et les squelettes du quartier.

Tante Gudule a rallumé les lumières en disant:

— Hé! *Poison* ! En quoi veux-tu qu'on se costume, cette année?

— Cette année, bien, cette année, que j'ai répondu, je... je cours l'halloween toute seule! Enfin, je veux dire, avec mes amis. On a tout organisé! On se déguisera chez Julie. Il y aura Marise Cormier, son frère Simon et puis Marco Tifo. Je vous promets d'être de retour à la maison vers neuf heures et demie.

Mes tantes m'ont regardée la bouche ouverte, les yeux écarquillés, comme sept poissons rouges dans un bocal.

— Je vous le promets, même que je vous le jure, sapristi de mocheté!

— Ne jure pas et ne dis pas ces vilains mots! a répliqué le Céleri surveillant.

— J'imagine qu'il y aura un adulte avec vous? a demandé tante Gudule.

— Sapristi, on est plus des bébés! Tous mes amis, eux, ont la permission d'y aller tout seuls.

Alors, tante Gudule a dit sur un ton très particulier:

— *Poison*, c'est qu'à ton âge, on ne connaît pas tous les dangers... Mis à part les accidents de la circulation, il y a parfois des... des individus pas tout à fait normaux, qui profitent d'une soirée comme celle-là pour... pour abuser des enfants...

— Tu veux dire des espèces de maniaques qui nous proposent des bonbons en nous invitant à les suivre dans leurs voitures? Ou dans un coin sombre de leurs maisons? Sapristi, tante Gudule, tu n'as pas à t'inquiéter. On a eu, à l'école une séance de deux heures là-dessus. La directrice nous a tout expliqué.

— Je comprends bien, *mon poussin*,

a dit tante Alice, désemparée. Mais on sera trop inquiètes si aucune de nous ne t'accompagne.

Je les voyais toutes les sept, déjà au désespoir, et je les trouvais parfaitement ridicules. J'ai réfléchi un instant, puis j'ai dit, exaspérée:

— Si je ne peux pas aller toute seule avec mes amis, je n'irai pas du tout! J'aurais trop honte d'être la seule enfant de mon âge accompagnée de ses parents. Je ne porte plus de couche, je ne bois plus au biberon et ... sapristi de ... je... je ne suis plus un bébé!

J'ai grimpé l'escalier et j'ai claqué la porte de ma chambre, certaine d'entendre les sept voix de mes tantes crier:

— Ta porte, Rosalie!

* * *

Le lendemain, pour la première fois, de ma vie, j'avais la permission de courir l'halloween sans qu'aucune de mes tantes ne vienne m'espionner. J'étais fière, j'avais l'incroyable impression d'avoir, d'un coup, vieilli de douze ans.

La mère de Julie nous a prêté sa trousse complète de maquillage, ses robes démodées, d'anciens rideaux, des perruques passées. J'ai même trouvé dans le fond d'une boîte une vieille descente de lit jaunie.

Une heure plus tard, Marise était une belle princesse du moyen âge, son frère Simon, un robot de la guerre des étoiles, Julie, une fourmi atomique, Marco, un pirate borgne, et moi... une Abominable Femme des Neiges!

* * *

La rue était grouillante de monstres, d'animaux, de robots, de crapauds, de princesses et de comtesses. Aux fenêtres, les citrouilles lumineuses attiraient les enfants costumés. On se bousculait dans les escaliers, sacs tendus, pour recevoir des poignées de caramels, des pommes, de la tire en papillotes, des sous noirs et des sous blancs.

Marise, Simon, Julie et moi étions arrivés dans les petites rues sombres du quartier. Nos sacs grossissaient de porte en porte. Déjà Simon trouvait le sien trop lourd. Il traînait la patte en chialant. Il

Les catastrophes de Rosalie

ne voulait plus monter les étages et refusait de rester seul au pied des escaliers. Marise, choquée, jurait qu'elle n'amènerait plus jamais son petit frère avec elle parce qu'il était trop bébé.

Brusquement, Simon a cessé de rouspéter. Il a pointé le doigt vers une forme blanche dissimulée entre deux voitures.

— C'est seulement un fantôme, Simon Cormier! lui a dit Marco Tifo. Passe devant si tu as la trouille!

— Vous ne trouvez pas, a dit Julie, que ce fantôme est un peu grand?

— C'est toujours grand, les fantômes, a répliqué Simon, comme pour se rassurer.

— Qu'est-ce que tu connais aux fantômes, Simon Cormier? Moi, je trouve, comme Julie, qu'il est vraiment trop grand! a conclu Marise.

Sans nous le dire, tous les cinq, nous étions convaincus d'avoir affaire à un de ces affreux individus abuseurs d'enfants.

Marco a suggéré de changer de rue. Marise, trop pressée, s'est enfargée dans sa robe de princesse du moyen âge. Elle s'est étalée sur le trottoir. Tout le contenu de son sac s'est éparpillé dans la rue. Les pommes, les poires, les sous blancs, les sous noirs ont roulé dans toutes les directions. Simon a hurlé:

— Le fantôme nous suit! Le fantôme nous suit!

On a détalé comme une bande de pigeons effrayés, en abandonnant le sac de Marise. On est tous rentrés chez mes tantes en criant:

— Le maniaque! Le maniaque!

Julie a expliqué combien il était grand. Marise a dit à quel point il était laid. Simon avait vu, de ses yeux vu, son long couteau. Marco a précisé qu'il louvoyait entre les voitures en nous poursuivant.

Moi, j'ai confirmé que c'était la plus sapristi de mocheté de vérité.

Marise avait le coeur gros, à cause de son sac laissé sur le trottoir de la rue Fabre. Comme Marco, jouant les héros, proposait à Marise d'aller ramasser ce qu'il pouvait, vlan! la porte s'est ouverte en coup de vent!

Le fantôme a bondi dans la pièce! Il gigotait comme un vampire en plein midi. Empêtré dans son drap blanc, d'une voix affolée, il a crié:

— Ils m'ont échappé! Ils m'ont tous échappé!

Puis, au milieu du drap, la tête de tante Gudule est apparue!

Surpris, déçus, on a tous dit:

— Ha, non! Pas notre maniaque?

Tante Gudule, gênée, a bafouillé:

— Bien... bien moi aussi, j'aime encore ça... me déguiser! Et courir l'halloween! Ce n'est pas parce que je suis une vieille chose que j'ai perdu le goût de m'amuser...

Tante Alice a expliqué à tante Gudule que Marise, effrayée par un si grand fantôme, avait perdu son sac.

Alors, tante Gudule a eu le plus énigmatique des sourires.

— Ne bougez pas, a-t-elle dit, ne bougez surtout pas! Je reviens!

Elle est sortie un instant sur la galerie et elle est rentrée avec dans les bras une taie d'oreiller gonflée. Sa poche de bonhomme fantôme était pleine à ras bords! Elle l'a tendue à Marise en disant:

— À la plus belle princesse du moyen âge, de la part du plus vieux fantôme de l'halloween!

Marise a déballé sa grosse poche et

nous, on a vidé nos petits sacs. Ensuite, on a mangé de la tarte à la citrouille. On a beaucoup parlé de fantômes et de maniaques. Mais moi, il y a quelque chose qui me chicotait et qui me chicote encore:

Comment, comment tante Gudule, qui a passé son temps à nous espionner, a-t-elle pu faire une pareille récolte?

Alors , la bouche pleine, j'ai prévenu tout le monde:

— Moi, sapristi de mocheté, l'an prochain, c'est décidé: je me déguiserai en fantôme!

Chapitre V
L'ange

Ce matin, en me réveillant, tout a changé. Le ciel, les arbres, la rue, les fils électriques avec les moineaux dessus, tout, tout est blanc.

La neige en paquets de mousse tombe, tombe... c'est enfin l'hiver! C'est enfin Noël qui approche!

Pour moi, c'est aussi l'hiver avec ses interminables:

— Cache ton cou, *mon coeur*, tu vas attraper froid!

— Attache ton foulard, *mon ange*, et n'oublie pas d'avaler ta vitamine C!

— Mouche ton nez, *poison*, et change tes bas, ils sont tout mouillés!

— *Ma mouche* a encore perdu ses mitaines? Remouche ton nez, *ma mouche*.

— Tu voudrais bien secouer tes vêtements avant d'entrer, *poussin* ?

— Tu es certaine, *ma soie*, d'être assez bien chaussée? On attrappe toujours froid par les pieds. Si tu mouchais ton nez?

— *Mon oiseau des îles* a les joues gelées! Essuie tes bottes sur le paillasson. Tu as encore perdu tes mitaines? Si tu mouchais ton nez?

Et c'est comme ça dès la première bordée de neige de l'hiver.

* * *

Aujourd'hui, j'ai quand même une bonne nouvelle pour tante Colette. Elle qui désire devenir la plus grande comédienne des temps modernes.

J'ai dû, pour la rejoindre derrière son paravent chinois, enjamber une pile de linge, des montagnes de revues de cinéma, des paires de souliers abîmées, une radio transistor, une flûte alto, une flûte soprano, un étui à violon et un tam-tam primitif.

Enfouie dans la peluche de son divan, tante Colette rêvait.

Elle a fait le saut, tante Colette, quand j'ai placé mes mains sur ses yeux en disant:

— Devine?

— Ho! Tu m'as fait peur, *ma soie*, qu'elle a dit avec une lueur amusée dans les yeux. Dis-moi un peu ce qu'il faut que je devine?

— Bien... bien... c'est une chose qui te fera un sapristi de mocheté d'immense, d'énorme, de gigantesque et grand plaisir!

— Tu as reçu en cadeau deux billets pour aller au cinéma?

— C'est pas ça du tout! Je crois bien que je vais te le dire, parce que tu ne devineras jamais! Tu sais qu'à Noël, chaque année, à l'école, on organise une grande séance d'école. Pour la première fois de ma vie, j'ai décroché un rôle!

Tante Colette a sauté dans les airs! Elle a fait trois pirouettes, elle m'a prise dans ses bras et elle m'a embrassée dix fois un peu partout sur les joues.

J'ai quand même réussi à dire:

— Et dans la grande séance, je serai un ange.

— Un ange? Un ange! Mais c'est ridicule, *ma soie* !

— Ce n'est pas ridicule du tout puisqu'on jouera la grande visite des Rois mages à l'étable de Bethléem!

— La grande visite des Rois mages à l'étable de Bethléem? qu'elle a répété, consternée. Je croyais qu'à l'école tu suivais des cours de morale, *ma soie* !

— Au début, que j'ai répondu, mais j'ai changé. Je préfère le cours de catéchèse. On y raconte plein d'histoires. Comme celle où le petit David tue avec une fronde le méchant Goliath. Celle aussi où les sept frères jaloux poussent leur jeune frère Joseph dans le puits.

— Et j'imagine, a dit tante Colette, que tu te rends aussi aux offices à l'église?

— Parfois. Pour parler à l'ange...

— Mais... quel ange, *ma soie* ? m'a demandé tante Colette, éberluée.

— L'ange en plâtre, sapristi de mocheté! Même qu'il est si vieux qu'il lui manque une partie du nez. Il a un gentil sourire et un petit panier. Il dit toujours "oui" quand on glisse des sous dans son panier.

— Si je comprends bien, c'est un ange qui ne dit jamais "non".

Tante Colette a paru rêver un moment, puis elle m'a dit:

— Raconte-moi donc un peu ton rôle à toi, dans ta grande séance d'école?

J'ai expliqué à tante Colette que mon rôle n'était pas difficile du tout. Après la remise à Marie de l'or, de l'encens et de la myrrhe, je devais proclamer comme une trompette, suspendue à un fil:

— Hosanna au plus haut des Cieux!

Et aussi:

— Le Fils de l'Homme nous est né!

Les jours suivants, tante Colette m'a beaucoup aidée à pratiquer les deux phrases de mon rôle.

Et le soir du grand jour, c'est en tenue de fête que mes sept tantes se sont présentées à l'école.

* * *

Dans les coulisses, les deux ailes roses bien fixées au dos, la taille enroulée dans une sangle, j'ai attendu, anxieuse, l'ouverture du rideau.

Après le dernier accord d'un duo de Mozart joué par deux élèves de sixième année, le rideau s'est ouvert enfin.

J'ai vu mes sept tantes assises au milieu de la première rangée. Tante Colette m'a fait un petit signe de la main pour m'indiquer qu'elle aussi m'avait bien vue.

Le boeuf a balancé sa queue de laine, et l'âne a henni longuement. Joseph, appuyé sur sa canne, regardait Marie, qui berçait Jésus.

Les Rois, à tour de rôle, ont apporté leurs présents. Assise sur ma roche de carton, nerveuse, j'attendais que la corde me soulève. Deux élèves de ma classe, qui jouaient le deuxième et le troisième ange, attendaient elles aussi.

J'ai senti une secousse à la taille. Et, doucement, mon corps s'est élevé au-dessus de l'étable. J'ai pris une grande respiration et j'ai fixé le flou du fond de la salle en disant:

— HOSANNA...

Mais... sept voix m'ont soufflé si fort "... au plus haut des Cieux..." que j'ai bégayé à leur suite un inaudible:

— ...Le...le Fils de l'Homme nous.. nous est né.

Pire. Mes sept tantes se sont levées en bloc. Et elles ont applaudi comme le tonnerre dans le plus épouvantable orage que l'on puisse imaginer.

Accrochée dans le vide, devant des centaines de personnes, j'ai vu les lumières chavirer. J'ai cligné des yeux, puis je les ai fermés. J'ai répété, répété, répété:

— Sapristi de mocheté de sapristi de mocheté de sapristi de mocheté!

Dans le tumulte des applaudissements de mes tantes, personne n'a entendu ni le deuxième ni le troisième ange, qui s'époumonaient:

— Nous devons l'aimer!

— Nous devons l'adorer!

Non seulement, ce soir-là, j'ai failli mourir de honte, mais mes sept tantes se sont fait à jamais deux ennemies jurées: la mère du deuxième ange et la mère du troisième ange.

Au retour, j'avais les ailes un peu fripées et le coeur gros. Pour me consoler, tante Colette m'a dit:

— Ne t'en fais pas, *ma soie*, tu étais la plus jolie. Personne n'a deviné que tu étais gênée. Tu as une mémoire d'éléphant et tu es gracieuse comme une hirondelle. Tu as tout ce qu'il faut pour devenir la plus grande comédienne des temps modernes. Et surtout, surtout, *ma soie*, tu as entendu ce tonnerre d'applaudissements?

J'avais surtout compris que mes sept tantes ont le don de m'empoisonner la vie.

Humiliée, j'ai grimpé l'escalier et j'ai claqué la porte de ma chambre. Mais aucune de mes tantes n'a osé crier:

— Ta porte, Rosalie!

Il y a eu, dans la soirée, le deuxième grand conseil de famille. Et, sans doute pour se faire pardonner, elles ont décidé ensemble de me faire plaisir.

La veille de Noël, pour la première fois, elles m'ont accompagnée toutes les sept à la messe de minuit.

J'étais fière de pouvoir enfin leur montrer le vieil ange qui hoche la tête et qui a le nez cassé.

Après l'office de minuit, dans tout cet espace décoré de boules, de lumières et de sapins, parmi les dorures, l'orgue et le choeur qui chantait, avec mes sept tantes, je me suis approchée de la statue. J'ai fixé l'ange dans les yeux et j'ai murmuré tout bas:

— Bel ange, toi qui me souris, pourrais-tu ouvrir tes deux grandes ailes et voler en haut dans ton ciel? Va trouver ma vraie mère et dis-lui qu'elle me manque beaucoup... Et sapristi de mocheté, si tu la trouves, voudrais-tu me faire un signe?

Et j'ai glissé dans son panier les sept pièces de dix sous que mes tantes m'avaient données. Sept fois, l'ange a hoché la tête, en faisant:

OUI, OUI, OUI, OUI, OUI, OUI, OUI.

Chapitre VI
Popsi!

Marco Tifo n'a finalement jamais voulu avaler pour moi la plus infime sapristi de mocheté. Mais, par trois fois, il a failli se rompre le cou en tentant son "triple saut périlleux arrière".

Cet après-midi, Marco Tifo n'a pas du tout le coeur aux sauts périlleux. Écrasé dans un coin du garage, je crois même qu'il renifle un peu.

Avec ce printemps qui tarde à venir, et ces bourrasques humides qui charrient encore des odeurs de Pôle Nord, j'ai pensé que Marco venait d'attraper la grippe.

— Tu fais de la fièvre? que j'ai dit.

— C'est pas ça du tout!

— Alors, tu boudes!

— Je ne boude pas, Rosalie Dansereau, j'ai seulement de la peine.

— Pourquoi tu chiales comme un veau, Marco Tifo? que j'ai dit bêtement.

C'est là qu'il m'a raconté comment

son chien Popsi s'était fait écrabouiller par une voiture, au petit matin.

Il était triste, Marco. Si désespéré que moi, Rosalie, je n'ai pu trouver un seul mot pour le soulager. Je me suis assise à côté de lui et, au fond du garage, ensemble, on a pleuré.

En entrant à la maison, j'avais les yeux bouffis. Tante Béatrice, le Céleri surveillant, l'a tout de suite remarqué.

— *Mon coeur* a pleuré? Voudrais-tu nous dire lequel de tes amis t'a causé un si gros chagrin?

— C'est le chien de Marco qui est mort! que j'ai hurlé. Et personne, non, aucune grande personne ne peut comprendre!

Et je me suis remise à pleurer.

— Pleure pas, *mon poussin*, a dit tante Alice en me caressant les cheveux.

— Pleure, *ma mouche*, ça te fera du bien, a répliqué tante Florence en posant sa main sur mon épaule.

— Ce n'était qu'un chien et il était si vieux, a dit tante Béatrice.

— Ce n'était pas qu'un chien et il n'était pas si vieux, il n'avait que huit ans, c'était Popsi, le seul chien de Marco!

— Ce n'était pas ton chien, *ma mouche*, et tu le connaissais à peine! a ajouté tante Florence en m'entraînant vers sa chambre pour qu'on en parle tranquillement.

— Je ne veux pas! Je ne veux pas! que j'ai dit à tante Florence en me dégageant. Je ne veux pas aller dans ta chambre pour en parler! Je ne veux ni méditer, ni me tenir sur la tête les jambes en l'air! Je n'y arrive pas et je n'y arriverai jamais! Je ne veux plus que tu me dises que la mort, c'est la vie. Ni que la peine donne de la maturité et de la spiritualité! Parce que moi, Rosalie, je ne sais pas ce que ça veut dire! Je ne veux pas que tu me répètes que mon père et ma mère sont heureux dans leur ciel. Et que le chien de Marco est allé les retrouver! Je veux... je veux juste que Marco n'ait plus de peine. Parce que même si son chien n'était qu'un chien, même s'il était vieux, même s'il était laid comme une vadrouille et qu'il aboyait tout le temps, c'était *son* chien! Et... c'est la peine de Marco, sa peine à lui, qui me fait pleurer.

Les épaules de tante Florence se sont soulevées, puis deux grosses larmes ont roulé sur ses joues. Elle s'est dirigée vers l'escalier.

Moi, désemparée, je l'ai suivie dans sa chambre. Tante Florence sanglotait, en-roulée sur son lit. J'aurais voulu effacer tout ce que j'avais dit. J'étais là, ne sa-chant quoi faire pour la consoler.

Je savais pourtant que tante Florence avait toujours le coeur au bord des lèvres. Que son dernier amoureux l'avait encore quittée.

Alors, comme avec Marco dans le ga-rage, je me suis assise à côté d'elle et j'ai pleuré. J'ai pleuré avec elle, longtemps.

Puis, j'ai mis un oreiller sur le plan-cher, j'ai posé ma tête dessus et j'ai relevé les jambes.

Pour la première fois, j'ai réussi. Tan-te Florence a relevé la tête.

J'ai aussitôt perdu l'équilibre et, en-semble, on a encore pleuré.

Chapitre VII
Mam' Crochu

Le printemps est arrivé et toutes les peines de l'hiver ont fondu avec la neige. Moi, c'est simple, il y a trois choses que j'aime plus que tout au monde: le pâté chinois, la crème glacée à la pistache et le printemps, pour faire du patin à roulettes.

Sitôt la neige disparue, je chausse mes patins. Je rejoins Marise Cormier et Julie Savard et on roule sur le trottoir, on vole comme des comètes, même que Marco et Simon ont parfois du mal à nous suivre sur leurs bicyclettes.

Marise et Julie ont des patins tout neufs. Moi, j'ai encore mes vieux patins de l'an passé. Mes tantes ont la fâcheuse manie de toujours m'acheter des trucs trop grands.

— Tu vas grandir, Rosalie, tu vas grandir, Rosalie! qu'elles me répètent, comme si c'était un malheur inévitable. Le malheur, c'est qu'elles ont jugé que ma vieille paire de patins pouvait supporter une autre saison. Moi, je ne suis pas du tout de leur avis. Et, c'est dans la rue Papineau, devant la plus grande vitrine du plus grand magasin, que j'en ai eu la certitude.

Je les ai vus, là, tout blancs, avec, cousues dans leur cuir, des dizaines de petites étoiles en paillettes d'or et d'argent. Sur le sommet d'une des bottines, il y avait écrit sur un carton:

SUPER SPECIAL, 29,95 $

Sûr que ces patins n'ont rien à voir avec mes deux vieilles mochetés de patins à roulettes jaunis, qui freinent au petit bonheur, c'est-à-dire une fois sur deux.

Marise, Julie et même Simon et Marco sont d'accord avec moi. Comme Julie calcule aussi vite qu'un ordinateur, je lui ai demandé:

— 29,95 $ divisé par sept, combien ça fait, au juste?

— 4,27 $ et... six septièmes, qu'elle m'a répondu.

— Sapristi! 4,27 $ et six septièmes, mais ce n'est rien du tout!

Je me voyais déjà l'expliquer à chacune de mes tantes, dans chacune de leurs chambres, et je crois bien que l'idée me donnait des ailes.

Je roulais si vite que c'est à peine si j'ai entendu Julie et Marise crier, loin derrière:

— Attends-nous, Rosalie! Attends-nous, Rosalie!

C'est en tournant le coin de Papineau et du boulevard Saint-Joseph que tout est arrivé. J'ai tenté de freiner: flouch! C'était trop tard!

Déjà ma tête s'enfonçait dans un ventre mou. Écrabouillé sous les roulettes d'un de mes patins, il y avait un chapeau... un chapeau que je reconnaissais bien, puisque c'était celui de Mam' Crochu. Celle que tous les enfants du quartier appellent "la sorcière du boulevard".

Par une fatalité inexplicable, c'était aussi la deuxième fois cette semaine que ma tête s'enfonçait dans son ventre mou. La deuxième fois qu'elle poussait des cris de désespoir en replaçant son chapeau. Et la deuxième fois qu'elle me tirait comme une furie vers la maison de mes tantes.

Malgré mes excuses et mes "Pardon,

Mam' Crochu!", je me suis retrouvée, encore une fois, sur notre perron. Et la vieille chipie sonnait, sonnait.

Mes sept tantes, ahuries, l'ont d'abord écoutée s'égosiller. Puis, Mam' Crochu leur a fait comprendre plus distinctement que j'avais une cervelle d'oiseau. Que j'étais sournoise comme une fouine, rusée comme un putois, maligne comme un serpent. Qu'enfin, je roulais comme un mastodonte. Que j'étais un péril, un désastre, une calamité pour l'humanité et... pour les chapeaux en particulier.

Pour prouver qu'elle n'exagérait rien du tout, elle a fait circuler son affreux chapeau. Malgré toute leur bonne volonté, tante Diane et tante Gudule ont pouffé de rire.

J'ai quand même dit à la sorcière que ce n'était pas moi qui avais écrabouillé son chapeau. Mais que c'était ma sapristi de vieille paire de patins à roulettes qui n'avait pas voulu freiner.

Offusquée, Mam' Crochu est sortie en sifflant, l'index en l'air, comme un paratonnerre:

— La prochaine fois, je me plaindrai aux autorités municipales! Vous savez ce

Les catastrophes de Rosalie

que je veux dire!

Puis, se tournant vers moi, elle a dit de sous un pan de sa voilette:

— Toi, petite, la *police*, ça te dit quelque chose?

La porte s'est refermée. Tante Béatrice s'est retournée. Elle m'a dit:

— Ma petite Rosalie, tes patins à roulettes, tu les accroches pendant trois jours, tu m'as bien comprise?

Ni tante Alice, ni tante Colette, ni tante Diane, ni tante Élise, ni tante Florence, ni tante Gudule, non, aucune d'elles n'a ajouté un mot.

* * *

Trois jours, c'est long quand on est privé de l'une des trois choses qu'on aime le plus au monde. Mais trois jours, c'est court, quand on a décidé de trouver 4,27 $ et six septièmes multiplié par sept.

C'est-à-dire 29,95 $ pour acheter la plus merveilleuse paire de patins à étoiles qui puisse exister. Surtout de ces patins à roulettes qui freinent à la vue de toutes les espèces de sorcières de tous les boulevards.

Comme j'ai des amis qui ont des idées,

je les ai tous invités. J'étais certaine qu'aucune de mes tantes ne pouvait nous entendre. Assis par terre, on a beaucoup pensé.

D'abord, il y a eu plein d'idées dangereuses, comme faire un vol de banque. Même que Marco a suggéré la caisse populaire, où il a vu des piles, des sacs, des montagnes d'argent. Julie a plutôt suggéré de compter ce que j'avais dans ma propre banque. J'ai vidé mon cochon. Il y avait exactement quatre-vingt-huit sous. J'ai expliqué qu'avec mes sept tantes, les anniversaires arrivent souvent. Et que c'est pour le cadeau de tante Alice que j'ai vidé le contenu de ma banque, le mois dernier.

Puis, Marise a eu l'idée des dents. La dent qui branle, et qui tombe, et qu'on glisse sous l'oreiller pour trouver le lendemain une sorte de petite fortune. Marise m'a tripoté les vingt-huit dents dans tous les sens, mais aucune n'avait la moindre envie de se déraciner. Simon m'a proposé de bon coeur sa minuscule et dernière dent de lait. Elle tenait par un fil, mais personne n'a eu le courage de la lui arracher.

Les catastrophes de Rosalie

Enfin, il y a eu les solutions sérieuses, ennuyantes, comme faire des courses, vendre des bouteilles vides, promener des bébés, descendre des poubelles. Julie, notre ordinateur , était d'accord avec ces solutions. Mais elle croyait qu'il serait impossible d'accumuler en trois jours la somme de 29,07 $, d'autant plus que nous devons être à l'école de huit heures trente le matin à trois heures trente l'après-midi.

Julie a toujours raison. Il nous fallait trouver une activité limitée au lundi, au mardi et au mercredi, de quatre heures à six heures du soir. Il nous fallait L'IDÉE de génie, pour ramasser le trésor.

C'est alors que tante Alice a frappé trois petits coups à la porte de ma chambre. Elle a chuchoté:

— C'est moi, *mon poussin*, j'ai préparé un pot de limonade pour tes amis.

Après avoir pensé comme ça, tout le monde avait soif. On a vidé nos verres d'un trait puis, on a tous eu la même idée: VENDRE DE LA LIMONADE!

Où? À l'arrêt d'autobus de la rue Papineau, à l'heure où les étudiants et les travailleurs reviennent à la maison! Cela ne prendrait qu'une petite table et un carton, avec écrit dessus:

SUPER SPECIAL,
25 ¢ le verre

Simon a promis d'apporter un pot, un gros pot de limonade au raisin. Marise apporterait du jus d'orange, Marco un sirop de grenadine, Julie du jus de pomme et moi, j'aurais un pot plein de glaçons et de limonade... à la limonade.

Après quelques calculs, Julie était convaincue que nous aurions tous les sous pour acheter la fameuse paire de patins à roulettes.

J'étais folle de joie quand mes amis sont partis. J'ai eu bien du mal à garder mon secret et à ne rien dire du tout à mes tantes.

À quatre heures dix, lundi après-midi, on était installé. Marco m'avait aidé à transporter une table. J'avais fabriqué mon affiche et les cinq pots de jus étaient bien en place. À côté, il y avait une colonne de petits verres en carton que j'avais dénichés dans le fond d'une armoire de la cuisine.

Nous attendions, fébriles, le premier autobus. Nos premiers clients. Le 22 Papineau s'est arrêté. Un vieux monsieur à la barbe toute blanche est descendu. Il est venu vers nous et s'est informé de l'essence de nos boissons. Il avait un accent pointu. Simon lui a expliqué:

— Ce n'est pas de l'essence du tout, monsieur, c'est seulement de la limonade.

— Ah bon! a dit le vieux monsieur, j'aime mieux ça!

Et il a commandé à Simon un verre de limonade au raisin. Il m'a tendu un billet de un dollar.

Surprise, je me suis rendu compte que personne n'avait songé à la monnaie. Le vieux monsieur a bu lentement, puis il nous a remerciés en disant:

— Elle est délicieuse, cette limonade au raisin! Vous pouvez garder la monnaie. C'est si rare, de nos jours, qu'on prenne le temps de s'occuper des clients!

Puis il est reparti tout doucement.

Julie a couru au dépanneur chercher de la petite monnaie avec le gros billet.

Rassurés, nous avons attendu le deuxième autobus, puis le troisième...

Au bout d'une heure, nous avions en

caisse, selon Julie, la fabuleuse somme de huit dollars cinquante.

D'un coup, tout s'est gâté. Quelques gouttes de pluie, puis l'averse. Les passagers des autobus couraient dans tous les sens. Malgré notre détermination à rester devant nos pots de limonade, il a fallu nous résigner. Trempés comme des lavettes, on a plié bagage. On s'est donné rendez-vous pour le lendemain.

* * *

Ce n'est pas dans la rue Papineau que tous les cinq on s'est retrouvé le lendemain, mais bien à l'abri dans ma chambre. Il pleuvait à boire debout. De plus, aux nouvelles, à la télé, on annoncait pour le jour suivant le même sapristi de mocheté de temps.

Et la discussion a recommencé. Il manquait 20,57 $. Comment trouver cette somme en un jour, et sous la pluie?

C'est alors que j'ai eu la plus formidable idée:

— Et si je mendiais? Un jour, j'ai vu à la télévision un reportage dans un pays pas tout à fait comme le nôtre. Mais j'ai bien vu des enfants qui quêtaient.

Marco a affirmé que, lui aussi, il avait vu. Simon a même précisé que plus les enfants étaient infirmes, sourds, aveugles et muets, plus les grandes personnes donnaient de l'argent.

C'était une si bonne idée que Julie ne pouvait calculer d'avance tout ce que cela nous rapporterait.

Marco a proposé d'apporter une vieille chaise roulante qui traînait dans le garage de son père et deux parapluies. Julie pousserait la chaise et Simon, lui, tendrait la main en disant:

— La charité, s'il vous plaît! C'est pour ma soeur qui est très malade.

Marise, elle, s'occuperait de la trousse de secours. Elle contiendrait quelques bandages, une bouteille de ketchup, une fiole de bleu de méthylène et un carafon de teinture d'iode. Elle a promis qu'avec tout cela elle pouvait faire de moi la plus triste-blessée-infirme-sourde-muette-et-aveugle qu'on puisse imaginer.

Moi, je devais m'exercer à regarder dans le vague, sans voir. J'avais toute la soirée pour m'y habituer.

C'est ainsi qu'au souper, mes sept tantes perplexes, ont conclu que je couvais une mauvaise grippe ou une inévitable maladie contagieuse. J'avais l'air si misérable qu'elles m'ont couverte d'attentions et de caresses. Enfin, je me suis endormie avec la ferme conviction que le monde entier, demain, me croirait vraiment infirme-sourde-muette-et-aveugle.

* * *

En sortant du garage du père de Marco, nous étions tous les cinq entassés sous les parapluies. Julie poussait la chaise roulante, moi j'étais bien assise au fond. Nous avons remonté le boulevard vers l'arrêt d'autobus de la rue Papineau.

Avec mon bandage sur le front, dégoulinant de teinture d'iode, mon bras en écharpe, mes genoux tachés de ketchup et de bleu méthylène, j'avais un drôle d'air. Selon Julie, je ressemblais à Aurore l'enfant martyre trois jours avant sa mort.

Moi, je trouvais que j'avais plutôt l'air de Frankeinstein venant d'avaler un super chaudron de sauce aux tomates.

Sourde comme un pot, aveugle comme une taupe, muette comme une carpe, il fallait que je songe à la chose la plus triste

au monde: endurer mes vieux patins sans freins encore toute une saison!

C'est en tournant le coin de la rue que j'ai aperçu *son* chapeau. Mam' Crochu, figée sur place, nous a regardés passer. Enfin, décidée, elle a marché vers nous.

— Sapristi de mocheté de sapristi de mocheté! La catastrophe! Pourvu que Simon ne lui demande pas la charité!

Ça n'a pas été nécessaire. Sans me reconnaître, elle m'a glissé dix sous dans la main en disant:

— Pauvre enfant! Et j'imagine qu'elle ne supporte même pas le soleil!

Et elle a continué son chemin.

J'ai marmonné, sans desserrer les dents:

— Pourquoi elle a dit que je ne peux pas supporter le soleil?

C'était pourtant évident: il faisait un soleil radieux et on était tous là, comme des sardines, taponnés sous nos parapluies!

Julie a jugé que si, en plus d'être infirme, blessée, aveugle, sourde et muette, je ne pouvais pas supporter le soleil, c'était une bonne raison pour ne pas fermer les parapluies.

Et c'est sous nos parapluies, devant l'arrêt d'autobus, qu'on a commencé notre grande quête.

Au début, c'est des dix sous et des vingt-cinq sous que les étudiants pressés ont glissés dans la main de Simon. Puis sont venus les billets. Et à mesure que l'argent s'accumulait, moi, un peu embarrassée, je fermais les yeux.

Il était six heures moins le quart quand Julie a déclaré qu'il y avait assez d'argent pour acheter trois paires de patins.

C'est aussi au même moment que, levant les yeux, j'ai vu tante Alice descendre de l'autobus. Elle s'est approchée de Simon qui avait la main tendue. Il répétait comme un automate:

— La charité, s'il vous plaît! C'est pour ma petite soeur qui est très malade.

Tante Alice l'a contourné puis elle m'a touché l'épaule en disant:

— Tu n'as pas honte, *mon poussin*?

Puis elle est repartie. J'ai dit à mes amis:

— C'est fini! On rentre au garage! Parce que, parce que... Sapristi de mocheté, je vous le dirai demain!

Tante Alice n'a rien dit à mes autres tantes et c'est à elle seule que j'ai tout expliqué. D'abord, mes mochetés de patins qui ne freinent plus, puis Mam' Crochu, puis les patins à étoiles, puis la limonade, la pluie et l'idée de mendier.

Elle a tout compris, tante Alice. Surtout qu'elle est venue voir avec moi, dans la grande vitrine du plus grand magasin de la rue Papineau, les patins à étoiles d'or et d'argent.

Je suis allée avec elle faire réparer les freins de mes patins. Ensuite, elle a cousu dessus des étoiles en paillettes. Elle a aussi collé sur mon chandail une étoile gigantesque, brillante comme une comète.

Quant à l'argent ramassé, tante Alice a dit qu'un jour, mes amis et moi, on saura à qui le rendre. Moi, je ne le sais pas encore. Mes amis non plus. Mais je suis certaine d'une chose. Grâce à tante Alice, j'ai les plus beaux patins du monde. Et si je rencontre le chapeau de Mam' Crochu au coin d'une rue, mes patins, maintenant, pourront freiner.

Chapitre VIII
Charbon

Je ne sais pas pourquoi, ce dernier dimanche du mois de mai, je trouvais ma chambre si ennuyante. Il y avait toujours la collection d'oursons de tante Alice; les jeux Lego de tante Béatrice; les deux poupées Bout de chou de tante Colette; les bibelots en porcelaine de tante Diane, les rangées de livres et d'albums de tante Élise; les camions, autos, robots et avions de tante Florence. Et, dans un coin, il y avait mon tout dernier cadeau, la radio-cassette de tante Gudule.

Sur le mur, au-dessus de mon lit, trônaient toujours les sept photos en couleur de mes tantes et, juste en dessous, la photo de moi bébé, mâchouillant ma suce.

Je tournais en rond. J'ai pris un livre qui avait pour titre *La cage dorée*. Finalement, je l'ai laissé tomber. Je me suis enfin décidée et je suis allée courir sur le boulevard Saint-Joseph.

L'air était doux, les lilas explosaient, même que devant chez madame Dumas, notre troisième voisine, les grappes mauves ployaient jusqu'au gazon. Je me suis approchée pour renifler leur odeur. Madame Dumas, assise sur son perron, m'a crié:

— Tu peux t'en faire un bouquet, si tu veux, ma Rosalie.

Comme j'allais lui répondre, sa grosse chatte grise a sauté sur le balcon. Derrière elle, bondissaient, malhabiles et à la queue leu leu, quatre chatons.

J'ai aussitôt oublié les lilas et j'ai couru vers les chats. J'ai attrapé le plus petit, celui qui était noir comme du charbon. Son poil m'a paru aussi doux que le duvet d'un oiseau. J'ai demandé à madame Dumas:

— Vous croyez que je pourrais en avoir un comme celui-là? Je lui ferais un petit nid dans ma chambre, je lui donnerais à manger, il deviendrait gros et gras et ce serait mon chat, juste à moi, à moi toute seule.

Madame Dumas m'a répondu:

— Je ne pourrai pas les garder tous. Ils sont sevrés. Comme je ne suis pas la mère Michèle, je veux bien t'en donner un... mais il faudra d'abord que tu demandes à tes tantes!

J'ai bien regardé le chaton, je l'ai posé parmi les autres. J'ai tout de suite pensé à l'appeler Charbon. Et je me suis sauvée, en promettant à madame Dumas de revenir le prendre, le lendemain.

Le soir, au souper, je m'en souviendrai toujours, on mangeait du poisson et tout le monde était gai. Il y avait long-

temps que nous avions pris un repas toutes ensemble et entre nous. Mes tantes
étaient si rieuses que, encouragée par leur
bonne humeur, j'ai dit:

— La chatte de madame Dumas a eu
quatre bébés chats et celui qui est le plus
petit, celui qui est noir comme du charbon, m'aime beaucoup.

J'ai regardé autour de la table. Les
yeux fixés sur leurs assiettes, mes sept
tantes ont semblé tout à coup très occu-

pées à manger. Prenant mon courage à deux mains, j'ai continué:

— Madame Dumas veut s'en débarrasser et... je crois bien qu'elle voudrait me... me le donner.

Les sept fourchettes se sont figées dans les airs. C'est avec un filet de voix que j'ai ajouté, découragée:

— Et... sapristi de mocheté, j'aimerais tellement m'en occuper... juste en haut, dans ma chambre.

Autour de la table, il y a eu un grand silence. Même que tante Béatrice, qui d'habitude avale tout rond, s'est mise à mastiquer longtemps, longtemps. C'est tante Alice qui a parlé la première:

— Tu te rends compte, *mon poussin*, que si le chat est noir, il nous portera malheur?

Tante Béatrice, finissant enfin sa bouchée, a ajouté en grimaçant:

— Les chats sont pleins de microbes! En plus, il y aura des odeurs dans toute la maison. Vaudrait mieux que tu oublies cette idée, Rosalie.

Tante Colette a dit ensuite:

— Moi, je suis allergique, j'ai les yeux qui enflent rien qu'à les regarder!

Tante Diane, en glissant une main le long de mon dos, a soupiré:

— Il y aura des poils partout... et qui s'occupera de lui pendant le jour?

Tante Élise, elle, préférait les singes et, à la rigueur, pouvait tolérer les chiens.

Tante Florence a suggéré un canari. Puis, tante Gudule a conclu:

— Tu sais bien, *poison*, que les chats font peur aux oiseaux! Ils avalent les moineaux et plus jamais on ne verra, autour de la maison, ni hirondelles, ni mésanges!

Par chance, ce soir-là, tante Alice avait mijoté un poisson sans arêtes. Personne autour de la table n'est mort étouffé. Dans mon assiette, la béchamel s'est figée. Et, sans que je puisse les retenir, des larmes ont coulé sur mes joues. Entre deux sanglots, j'ai réussi à dire:

— Dans chacune de vos chambres, il y a tout ce que vous avez choisi. Toi, tante Alice, tu as tes livres de recettes, et même tes oreillers sentent la farine, la mélasse et la vanille. Toi, tante Béatrice, je sais bien que dans un tiroir de ta commode, tu caches la photo de ton amoureux Alphonse! Celui qui vit en Abitibi! Et je sais aussi que dans sa chambre, tante Colette a des affiches géantes, parce qu'elle rêve de faire du cinéma. Je sais aussi que tante Diane se mariera bientôt. La chambre de tante Élise, elle, croule sous les bouquins savants. Celle de tante Florence est parfumée d'encens. Et celle de tante Gudule est pleine de petits pots de maquillage, de journaux, de magazines, d'onguents et de crèmes de beauté. Moi, dans ma chambre, il y a tout... tout ce que vous m'avez choisi... tout ce que vous m'avez donné! Mais, moi aussi, je voudrais... je voudrais choisir! Je...

J'avais tellement envie de me moucher que j'ai couru dans ma chambre. Je me suis roulée en boule sur mon lit. Il me semblait que le monde entier était injuste et que j'étais la seule enfant au monde à ne pas avoir "quelqu'un" ou "quelque chose" à aimer, à soigner.

Puis, dans le sombre de ma chambre, j'ai imaginé, pour chacune de mes sept tantes, les pires tourments.

Alice brûlait en enfer, éternellement.

Béatrice labourait un champ de céleri en Abitibi.

Colette, allergique à l'air, était couverte de boutons piquants. Elle se grattait du

Les catastrophes de Rosalie

matin au soir, sans aucun soulagement.

Diane criait, enroulée dans un cocon de poils, et personne, pas même Pinotte, son ancien avaleur de mochetés, ne la délivrait.

Élise, enfermée dans un labyrinthe géant, cherchait la sortie. Deux singes en chienne blanche notaient ses progrès.

Florence, elle, devenait si jaune que, par erreur, on l'avait plantée dans un jardin de jonquilles. Elle devait répéter sans cesse:

— Je ne suis pas un canari! Je ne suis pas un canari!

Gudule, qui, pour moi, méritait le pire des châtiments, devait manger tout cru et devant mon chat Charbon un spécimen de tous les oiseaux du Canada.

Et, sapristi de mocheté, j'étais un peu soulagée. Je me suis endormie. J'ignorais que j'avais provoqué le troisième, et le plus long, grand conseil de famille.

* * *

Le lendemain, je me suis rendue à l'école sans dire un mot à mes tantes. Et c'est en boudant que je suis revenue à la maison. Malgré les efforts répétés de mes sept tantes pour me changer les idées, j'ai pris mon repas du soir les dents serrées.

Vers huit heures, je suis montée dans ma chambre. Et, sûre que ma vraie mère, elle, dans son ciel, me comprenait, je me suis glissée bien au chaud sous les couvertures.

À neuf heures précises, tante Béatrice est entrée comme à l'accoutumée. Elle a posé le verre réglementaire sur la commode. Elle a bardassé mon ourson, tiré l'édredon et a fait mine de s'en aller. Elle est revenue sur ses pas et a glissé une chaînette dans ma main. Et tante Béatrice est disparue!

J'ai allumé ma lampe de chevet et j'ai vu qu'au bout de la chaînette, pendait un petit coeur en porcelaine. Sur le coeur, il y avait, dessiné en noir, un chat.

Je n'ose pas dire ce que j'ai pensé. La porte s'est ouverte à nouveau. Tante Colette a déposé sur mon édredon un panier en osier. Elle a juste pris le temps de dire:

— C'est pour ta poupée, *ma soie*. Je t'embrasse! Je me sauve! Je suis pressée!

Suivirent:

tante Diane avec une pelote de laine,

tante Élise avec une brosse toute neuve,

tante Florence avec une pile de vieux journaux.

Quand, enfin, tante Gudule s'est faufilée dans ma chambre avec un bol de lait bien frais, moi, Rosalie, j'avais tout deviné.

J'avais deviné qu'avec ses deux biscuits à la mélasse, tante Alice m'apporterait, blotti dans le chaud de sa veste, Charbon, mon petit chat noir.

* * *

En regardant dormir Charbon dans son panier d'osier, j'ai eu, ce soir-là, la certitude d'être mille fois, sept fois plus aimée.

Épilogue

Depuis l'arrivée de Charbon, une longue année a passé. À la maison, il n'y a pas eu d'autres grands conseils de famille. Et les choses n'ont pas beaucoup changé.

Tante Alice, la douce, glisse encore chaque soir ses deux biscuits à la mélasse sous mon oreiller.

Tante Béatrice, le Céleri surveillant, surveille et surveillera toujours.

Tante Colette annonce à la télévision une pâte dentifrice. Le soir, elle joue au théâtre, dans une pièce farfelue. Elle y tient le rôle d'un ange.

— C'est, dit-elle, expérimental, et pas ridicule du tout!

Tante Diane vit une grande histoire d'amour avec un prince qui enseigne la géographie dans un cégep.

Tante Élise note toujours les progrès de ses singes dans son grand laboratoire à l'université. Elle dit qu'ils sont souvent plus intéressants que les humains, mais elle corrige tout de même mes devoirs.

Tante Florence pleure encore souvent. Par bonheur, elle a abandonné l'idée de me faire tenir sur la tête, les jambes en l'air. Elle dit que je ne suis pas douée.

Enfin, tante Gudule, elle, s'occupe d'un salon de beauté. Elle refuse encore de me dévoiler le secret de sa fabuleuse cueillette de fantôme, le fameux soir de l' halloween.

Marise et Simon sont encore mes amis. Julie, par contre, passe beaucoup trop de temps à mon goût sur son nouvel ordinateur. Elle trouve cela "super crampant!"

Marco Tifo n'a pas oublié son chien Popsi. Il se console avec sa nouvelle guitare électrique. Hier, il a presque réussi son triple saut périlleux arrière. Mais, j'ai toujours peur qu'il se fêle un peu la tête.

Enfin, Charbon, mon chat, est devenu si gros et si gras que j'ai dû le mettre au régime. Je soupçonne mes tantes de le nourrir en cachette. Il n'est pas toujours bien élevé. Il lui arrive parfois de me faire des sapristi de gros dégâts. Je ne peux pas lui en vouloir! Au fond, c'est encore un si petit, petit bébé chat.

J'oubliais! Dans la maison d'à côté, au troisième étage, un nouveau garçon est arrivé. Il s'appelle Pierre-Yves et il a plein de taches de rousseur sur le nez. Il n'est pas orphelin du tout. Il possède une petite chatte blanche, qui tourne toujours aux alentours. J'ai cru bon d'avertir Charbon. Je l'ai coincé entre mon oreiller et mon vieil ourson et je lui ai dit, droit dans les yeux:

— Tu es beaucoup trop jeune pour courir la galipote avec la chatte d'à côté, tu m'as bien comprise?

Il a ronronné comme d'habitude, puis il a filé comme un sapristi de mocheté de chat mal élevé!

Ginette Anfousse

LES VACANCES DE ROSALIE

Illustrations
de Marisol Sarrazin

la courte échelle

À Fabien, Zoé, Érika, Olivier, Marie-Chantal,
Laura, Antoine, Vincent, Charles, Alexis et Florence
pour avoir partagé les vacances pendant l'écriture
de ce roman, au lac Labelle

Prologue

La vieille Camaro d'André Surprenant se traînait depuis deux jours sur les autoroutes américaines. Elle avait quatre étages de bagages harnachés sur le toit et tout le monde nous regardait de travers. André avait dû s'arrêter vingt-deux fois pour reficeler son bric-à-brac et quatorze fois pour que je prenne l'air.

J'avais si mal au coeur. J'étais tellement coincée entre tante Élise, tante Gudule, leurs pots de crème, leurs pattes de grenouille, leurs chapeaux de paille, leurs chaises pliantes et leur parasol géant.

Bref, j'étais certaine que ce seraient

les plus belles vacances de toute ma vie parce que... J'AVAIS RÉUSSI. J'avais réussi à convaincre tante Diane, André, son amoureux qui enseigne la géographie dans un cégep, tante Élise et tante Gudule de venir passer deux semaines au bord de la mer. Deux semaines en même temps et presque à côté de la famille Hamel.

Tante Alice, tante Béatrice, tante Colette et tante Florence ont préféré rêver sur le balcon du boulevard Saint-Joseph. Elles surveillent la maison et s'occupent de mon chat, Charbon.

Enfin, c'est si grand, les États-Unis! Si loin, la Floride! Et j'avais si hâte d'arriver! Si hâte de revoir mon grand héros viking.

Et finalement... j'ai aperçu l'océan bleu derrière les dunes. J'en ai eu le souffle coupé. J'ai oublié, d'un coup, ma sapristi de mocheté de voyage en auto et j'ai pensé: «BLEU! PRESQUE AUSSI BLEU QUE LES YEUX DE PIERRE-YVES HAMEL!»

Chapitre I
Pire que
Robinson Crusoé

Il y a du monde qui aime le monde. Du monde qui aime que ça bouge. Et il y a du monde qui gâche tout. Du monde qui préfère la solitude, la vraie, même en vacances. Tante Élise est la pire sauvage que je connaisse.

On arrivait à peine au motel Ocean View, qu'elle grimpait dans les rideaux. Elle répétait comme un vieux perroquet:

— Pas question que je passe deux semaines au milieu de ce cirque!

Pourtant le gérant du motel souriait en lançant des *welcome* si chaleureux. Il disait même comprendre notre langue. Enfin, André a bien tenté de lui demander, en anglais comme en français:

— Où est le coquet bungalow, avec vue sur la mer, qu'on a loué par correspondance?

L'Américain s'obstinait à nous pousser à l'intérieur d'une sorte de maison mobile entourée d'une centaine de roulottes.

Hors d'elle, tante Élise l'a d'abord accroché par la manche. Puis tiré un peu. Puis très fort. Finalement, en pointant l'index sur l'étendue d'Ocean View, elle a lancé avec tout le sapristi de dédain dont elle est capable:

— C'est le va-et-vient de l'océan, *Sir!,* l'odeur iodée du varech, *Sir!,* les couchers flamboyants du soleil, *Sir!,* que nous sommes venus voir et entendre... pas vos trente-six postes de radio qui hurlent du *heavy metal* entre soixante cordes à linge et vingt-deux stands de patates frites!

Puis Élise s'est mise à secouer les cocotiers imprimés sur la chemise de l'Américain en répétant:

— *Do you understand, Sir? Do you understand?*

Le gérant du motel était particuliè-

rement de bonne humeur. Il souriait toujours.

Moi, j'avais honte. Si honte! Il y avait des dizaines de vacanciers autour et ça parlait français partout.

Je me suis faufilée jusqu'à la voiture. Je me suis laissée glisser tout au fond. Et, pour disparaître tout à fait... j'ai dissimulé ma tête d'indienne javanaise en dessous de la pile de pattes de grenouille.

Ça sentait le caoutchouc. J'avais de nouveau le coeur à l'envers. Puis j'ai entendu l'Américain jargonner:

— *No problem, Miss! No problem! I've exactly the paradise* que vous cherchez! *My son, Terry,* conduire *you,* avec son auto.

***

Quinze minutes plus tard, j'ai osé relever la tête. La Camaro d'André suivait une planche de surf attelée à une incroyable jeep à pois verts, à pois roses, à pois blancs.

On a roulé longtemps sur une maigre route sablonneuse. Enfin, le coquet bungalow est apparu. Seul! Si seul et sans voisin aucun!

Tante Élise, pâmée, volait au-dessus des nuages. Moi, j'ai fixé l'unique palmier qui se balançait sur le bord des dunes. L'océan derrière était toujours aussi bleu que les yeux de mon amoureux. Mais mon grand héros viking n'était plus dans les parages. Il était quelque part derrière. Quelque part, mais loin. Si loin que j'avais presque envie de chialer.

J'aurais sûrement chialé, si je n'avais pas entendu derrière mon épaule:

— *Hi! I'm Terry. Terry Wayne. You speak English?*

J'ai sursauté. Je me suis retournée.

Mon coeur a bondi dans ma gorge. Puis dans mes orteils. Puis dans mes oreilles.

Le fils du gérant d'Ocean View était si blond! Si bronzé! Et il avait les yeux beaucoup, beaucoup plus bleus que la mer bleue. J'ai bafouillé en lorgnant ma paire de souliers de course:

— *I speak English just a little bit...* Je m'appelle Rosalie Dansereau *and I come from Quebec.*

Terry a souri. Puis il a dit:

— *Oh! Great! I love Quebec* et... LES FRANÇAISES!

Le coeur m'a refait le coup des orteils et des oreilles. J'ai dû rougir comme une imbécile. Enfin, en marchant vers la Camaro, il a continué:

— *Wow! What a pile of luggage! Can I...* aider toi?

J'ai hésité entre *yes* et *no*. Finalement, j'ai souri à mon tour. Ensemble, nous avons dénoué les quatre étages de bagages empilés sur le toit.

André et mes tantes transportaient leurs paquets à mesure. Quand tout fut rangé, même ma super bicyclette tout terrain, Terry est remonté dans sa jeep. Et, juste avant de remettre son moteur en

marche, il a demandé:

— Tu aimer, faire *surfing with me?*

Je sais que je nage comme une ancre de bateau. Même que je ne sais pas nager du tout. Mais j'ai répondu comme la pire sapristi de mocheté d'idiote:

— *Oh! Great! I love surfing...* et LES AMÉRICAINS!

J'ai très bien vu tante Élise pouffer de rire. Gudule rouler ridiculement les yeux vers le ciel. Tante Diane et André se taper un clin d'oeil. Malgré tout, j'ai secoué ma tignasse noire et j'ai répété en fixant Terry dans le bleu des yeux:

— *Yes, I love surfing* et LES AMÉRI-CAINS!

Ensuite j'ai suivi longtemps la planche de surf qui repartait vers Ocean View. À l'horizon, la poussière retombait sur la route qui longe l'océan Atlantique. Je me suis retournée vers le bungalow de rêve. Et j'ai réalisé que...

J'ai réalisé combien le paradis de tante Élise était loin. Aussi loin de tout ce qui bouge... que la mansarde perdue de Robinson Crusoé. J'ai ravalé ma salive et je suis rentrée.

Chapitre II
Les chiots et l'eau salée

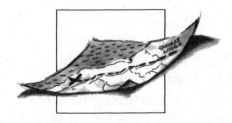

Le lendemain, malgré l'absence de tante Béatrice, surnommée «le Céleri surveillant», le bungalow était aussi bien organisé que notre maison du boulevard Saint-Joseph.

Sur la plage, tante Élise, cachée sous un parasol démesuré, entamait une brique de quatre cents pages sur les moeurs des babouins. Tante Gudule, étendue sur une serviette, les deux oreilles branchées sur son baladeur, se badigeonnait le corps avec des crèmes solaires. Un peu à l'écart, tante Diane et son amoureux s'amusaient dans la vague.

Moi, assise sur la véranda, je mesurais,

sur une carte de la région, les trente kilomètres qui séparaient maintenant notre bungalow du bout du monde, du Coconut Lodge.

Le Coconut Lodge où la famille Hamel avait loué son motel. Le Coconut Lodge où je devais rejoindre Pierre-Yves, mon grand héros viking.

Je me suis levée pour caresser ma BMX tout terrain. Le cadeau flambant neuf de mes tantes! Comme j'avais eu raison d'insister pour qu'il fasse partie du voyage! Enfin, il faisait si beau, il faisait si chaud que j'ai décidé d'enfiler mon deux-pièces. Et j'ai couru vers l'eau salée pour apprendre à nager.

***

Selon tante Élise, le moindre chiot qui tombe à l'eau remue immédiatement les pattes et nage d'instinct. La grande spécialiste des chimpanzés se trompe rarement quand elle parle des animaux. Mais, sitôt qu'elle les compare à des êtres humains, elle parle toujours à travers son chapeau.

La preuve, quelques minutes plus tard, le professeur de géo me récupérait de justesse par le fond de culotte.

Je suis certaine d'avoir roulé une bonne demi-heure, cul par-dessus tête, dans la vague et d'avoir avalé le quart de l'océan Atlantique.

L'eau salée me sortait par les oreilles, la bouche, le nez et j'avais perdu mes lunettes de soleil.

À demi noyée, j'ai jeté un regard plein d'amertume sur l'étendue si bleue. Puis sur tante Élise qui m'enroulait dans un tissu éponge en marmonnant:

— Pourtant, mon oiseau des îles... j'aurais cru que...

La pauvre voyait déjà le chiot améliorer son style papillon.

Maintenant, j'avais une trouille de tous les diables. Je ne suis pas courageuse pour deux sous. Mais tante Gudule insistait tellement sur les prouesses inimaginables des surfeurs américains que... je suis retournée une deuxième fois dans les vagues grosses comme des dos d'éléphants.

Accrochée aux bras de Diane et d'André, j'ai avancé vers les rouleaux qui se dressaient comme un mur avant de s'effondrer en mousse autour de mes chevilles. Effrayée, j'ai voulu reculer, mais les amoureux m'entraînèrent plus au large. Là où la mer est, paraît-il, plus tranquille.

Je n'aurais pas dû.

J'avais de l'eau jusqu'au nombril lorsqu'une lame de fond, quatre fois haute comme la Camaro d'André avec ses bagages dessus, m'a soulevée, basculée, roulée et recrachée sur la plage.

Je venais d'avaler un autre quart de l'océan Atlantique et, cette fois, j'avais perdu la bague de Pierre-Yves. La bague qu'il m'avait prêtée. La bague qui comptait tellement pour lui. La bague qui comptait par-dessus tout pour moi.

L'eau salée me sortait encore par les oreilles, la bouche et le nez. J'en avais assez.

À demi morte, je me suis étendue sur le plancher des vaches, bien au chaud dans le sable.

Une heure plus tard, je venais d'attraper le pire coup de soleil floridien qu'une vacancière canadienne pouvait attraper. Tante Gudule, sans pitié aucune, m'a barbouillé le corps d'une super couche de crème blanche aussi froide qu'un

Les vacances de Rosalie

sorbet à la vanille.

Avec mon deux-pièces vert perroquet, j'avais l'allure d'une pâtisserie française, plus particulièrement d'une meringue entre deux tranches de kiwi.

Finalement, pour rassurer tout le monde, je me suis tassée sous le parasol géant, à côté de tante Élise. Et j'ai lancé un regard haineux aux alentours. D'abord au bungalow de rêve. Puis au ciel sans nuages. Puis à l'étendue si bleue où dormaient avec les pieuvres, les éponges, les méduses et les poissons tropicaux... mes lunettes toutes neuves et la bague de Pierre-Yves.

Ensuite, j'ai fermé les yeux et j'ai repensé à ma bicyclette tout terrain appuyée sur le mur de la véranda. Alors, je me suis approchée, puis collée sur l'épaule de tante Élise. Et, délicatement, avec mille précautions, j'ai parlé des performances de ma BMX et... du Coconut Lodge.

Peine perdue. Tante Élise a immédiatement regrimpé dans les rideaux et crié comme une sapristi de mocheté d'adulte qui a peur de tout:

— Pas question, tu entends! Pas ques-

tion que tu fasses trente kilomètres à bicyclette, seule et dans un pays inconnu!
Tu baragouines un anglais terrible! Tu ne
sais pas nager! Tu n'as que douze ans et
tu bronzes comme... une pinte de lait.

Je ne voyais pas le rapport entre mes
douze ans et la pinte de lait. Mais, pour
une raison que j'ignore, elle en voyait
un.

Comme tante Élise était aussi têtue et
obstinée que la vague qui répétait son
splash shoou, splash shoou sur la grève...
j'ai pris mes cliques, mes claques, mon
sac de plage et mes sandales et je suis retournée au bungalow.

Dans la pile de cartes postales ache-
tées en chemin, j'ai choisi celle qui ressemblait le plus à notre paradis perdu. Et
j'ai décidé d'écrire à mes tantes. À celles
qui avaient eu la bonne idée de rêver sur
leur balcon! De surveiller la maison! Et
de s'occuper de mon chat, Charbon!
Finalement, j'ai écrit en petit, petit:

Merveilleux voyage en Camaro!
Bungalow de rêve aux pieds de
l'océan bleu! Soleil éblouissant!
Palmiers regorgeant de noix de

coco! Plages blanches comme des pintes de lait! Je nage presque! Merci pour ma super BMX. Me sera peut-être utile un jour? Je vous embrasse toutes les quatre! Charbon surtout!

J'ai signé: *Votre fille adoptive.*

Ensuite, je suis redescendue vers la plage demander un timbre américain. Personne n'en avait. Tante Gudule, toujours sans pitié aucune, m'a refait le coup de la pâtisserie française. Pour couronner le tout, tante Élise m'a foutu sur le crâne le plus abominable des chapeaux de paille.

Il y avait dessus une vingtaine de pamplemousses, d'ananas, de limettes, de papayes, de tomates et d'aubergines entrelacés. J'avais l'impression d'avoir sur la tête un spécimen de tous les vergers et potagers du Sud.

Malgré tout, j'ai compris qu'il y avait un bon côté à toute chose. Enfin, dans ce coin perdu, PERSONNE, absolument PERSONNE ne pouvait voir Rosalie Dansereau et s'en moquer.

Chapitre III
Honey

J'avais tort! J'aurais dû fuir à toutes jambes! Me cacher dans le placard le plus sombre de la maison! Grimper au palmier le plus haut! Mimer la noix de coco! Enfin... j'aurais dû comprendre quand tante Gudule s'est mise à hurler:

— Un requin! Un requin!

J'aurais dû jeter un petit coup d'oeil par-dessus mon chapeau. J'aurais pu voir le requin profiter habilement d'une der-nière vague et venir s'échouer avec sa planche de surf à deux mètres de mon parasol.

Je n'ai eu ni le temps de m'enrouler en momie dans ma serviette de plage. Ni le temps d'enfoncer profondément la tête sous la masse d'aubergines, de papayes et de tomates entrelacées. Ni le temps de m'ensevelir comme une conque dans le sable. Je n'ai eu que le temps de reconnaître Terry Wayne et d'entendre:

— *Hi! Honey!*

Tout le monde s'est mis à rire comme une sapristi de mocheté de bande de traîtres.

Confuse, j'ai pointé un doigt devant moi et, sans lever les yeux de sous mon potager, j'ai lancé:

— *Terry, it's marvellous! Is it really you?*

J'ai ajouté, en agitant l'index vers l'océan:

— Il m'est arrivé *a terrible bad luck!* J'ai perdu mes *sun glasses* noires *in the blue sea.*

Une seconde plus tard, il plongeait dans la vague. J'en ai profité pour me débarrasser de mon chapeau. Courir au bungalow. Me débarbouiller. M'ébouriffer la tignasse. Emprunter l'énorme paire de lunettes de soleil du professeur de géo. Enfiler un long tee-shirt où c'est écrit: *I love Florida.* Et revenir, mine de rien, m'allonger sous le parasol.

Terry plongeait encore dans l'écume. Il restait une éternité sous l'eau. Il remontait prendre de l'air et replongeait de nouveau. L'amoureux de Diane cherchait, lui aussi. Mais le pauvre patrouillait timidement à la surface avec un masque et des pattes de grenouille.

Tante Élise, la sceptique, répétait sans cesse:

— Autant chercher une aiguille dans une botte de foin.

Enfin, comme le dauphin vedette à l'aquarium de Montréal, Terry a fait un bond terrible hors de la vague. Et miracle, il tenait, cette fois, ma paire de lunettes bien serrée entre ses dents!

J'ai jeté un coup d'oeil vers la sceptique. Tante Élise a haussé les épaules. Terry m'a tendu les lunettes en me demandant:

— *These your's, Baby?*

Fière, j'ai répondu:

— *Yes,* merci beaucoup.

Nous sommes ensuite allés marcher ensemble dans les dunes. Il parlait de surf, de planche à voile et de jeep. Il m'appelait *Honey, Sugar, Sweetheart,*

Honeybun, Sugarplum, Apple pie et *Baby.*

Évidemment, si Pierre-Yves Hamel m'avait appelée coeur sucré, brioche au miel, prune au sucre ou tarte aux pommes, il aurait eu l'air super ridicule. Mais, en américain, ce n'était pas ridicule du tout.

En fin de compte, Terry était venu exprès pour m'inviter à un party. À une super soirée dansante, au motel Ocean View. Je ne sais pas où j'ai pris l'idée qu'il allait me faire monter derrière lui sur sa planche de surf... Mais j'ai cru bon d'avouer que je ne savais pas nager.

Il a ri, puis il a dit:

— *It's* pas grave, *Honey. You dance? I'll pick you at seven,* avec ma jeep.

Et il a ajouté en riant encore:

— *O.K., Honey! How about a swimming lesson right now?*

Je n'ai pas eu le temps de répondre. On est revenus vers le parasol. Puis, un peu effrayée, je l'ai suivi dans l'eau.

Avec Terry, j'ai compris l'importance d'un vrai professeur pour éviter d'avaler des quarts d'océan Atlantique! Avec Terry, j'ai compris qu'il suffisait presque de remuer les membres, comme un chiot! Avec Terry, apprendre était aussi simple que de respirer!

Deux heures plus tard, non seulement je nageais, mais je plongeais et je me tenais déjà en équilibre sur sa planche de surf.

Depuis mon arrivée, pour la première fois, j'ai regardé avec gratitude l'océan si bleu. Puis le bungalow de rêve. Puis le parasol avec tante Élise dessous.

Elle lisait toujours sa brique de quatre cents pages sur les moeurs des babouins. J'en ai profité pour approcher. Et, délicatement, avec mille précautions, j'ai parlé... du party au motel Ocean View.

Évidemment, tante Élise est regrimpée dans les rideaux. Évidemment, elle me trouvait trop jeune pour partir avec un inconnu dans un pays inconnu. Évidemment, elle ne voyait rien d'intéressant à me savoir danser sur de la musique de sauvages, entre les cordes à linge d'Ocean View.

Évidemment, Gudule et Diane se sont mises de la partie et s'inquiétaient, elles, de mon coup de soleil. Puis de notre visite du lendemain à Disney Land. Moi, je

m'en foutais des Blanche-Neige et des Mickey de mon enfance. Je voulais rire avec des personnes de mon âge et manger avec tout le monde des hot-dogs, sur la plage.

Enfin, André Surprenant qui, lui, n'est pas une sapristi de mocheté d'adulte qui a peur de tout, a proposé de venir me conduire et me chercher ensuite avec sa Camaro. Le professeur de géo est monté bien haut dans mon estime. Ce n'était pas la liberté totale, mais au moins, ce soir, je pourrais rejoindre Terry Wayne et m'amuser.

Chapitre IV

Entre les cordes à linge d'Ocean View

Je n'aurais jamais pensé qu'il y avait autant de Québécois qui prenaient leurs vacances aux États-Unis. Au party d'Ocean View, la moitié des jeunes parlaient français.

C'était facile de reconnaître les Américains et les Américaines. Ils sont tous super bronzés. Ils ont tous les yeux super bleus, les cheveux super blonds. Ils sont tous super grands, mâchent tous de la gomme et sourient tout le temps.

Impossible de les imaginer sur un banc d'école, se creusant les méninges sur des règles de trois. En fait, les Américains et les Américaines ont toujours l'air en vacances.

Pour le reste, ils nous ressemblent beaucoup. Ils s'habillent avec les mêmes jeans, les mêmes tee-shirts. Mangent les mêmes hot-dogs relish-moutarde-ketchup. Écoutent les mêmes groupes rock et dansent sur la même musique.

Après trois danses, tous les Américains tournaient autour des Canadiennes et tous les Canadiens autour des Américaines. Je ne faisais pas exception à la règle. Le beau Terry Wayne ne me lâchait pas d'une semelle.

Enfin, même si je sais que j'ai beaucoup de maturité pour mon âge, j'étais super contente que Terry me donne quatorze ans. Et comme il venait de fêter ses seize ans, je ne l'ai pas contredit du tout.

Puis j'ai dansé, dansé avec la centaine de jeunes qui se déchaînaient sous l'immense chapiteau. Je buvais mon troisième coca lorsque la soeur de Terry est entrée. Elle tenait en laisse un chien bizarre, un afghan, je crois.

Avant même de savoir qui elle était, je l'ai haïe tout de suite. Elle et son chien attiraient l'attention comme des néons dans la nuit. Personne n'avait plus l'air d'entendre la musique et tous les gars s'agglutinaient autour d'elle pour caresser son chien.

Terry appelait sa soeur Baby Ann. Mais Anne Wayne était aussi grande que lui.

Ensuite, j'ai cru voir Pierre-Yves Hamel tout près de Baby Ann. J'ai eu le coeur serré. Je me suis approchée. C'était quelqu'un d'autre, quelqu'un qui

avait la même tête rousse que mon héros.

Avec Baby Ann dans les parages, j'aurais aimé savoir le Coconut Lodge à mille kilomètres au moins d'Ocean View. Mais le Coconut Lodge était à deux petits kilomètres à peine, autant dire collé sur Baby Ann.

Enfin, j'avais comme une drôle d'envie de lui arracher les yeux, lorsque Terry m'a saisie par le bras et tirée hors du chapiteau. Puis, glissant sa main dans la mienne, il m'a entraînée vers le bord de l'eau.

On a marché longtemps en louvoyant dans la mousse des vagues, d'abord sans dire un mot. Et Terry a reparlé de planche à voile, de surf et de jeep. Il m'appelait toujours *Honey! Sugar! Sweetheart! Apple pie! Sugarplum!* et *Baby!*

Enfin, il a glissé son bras autour de ma taille. J'avais les jambes comme de la guenille. Le coeur me battait drôlement dans les oreilles. Il allait m'embrasser, mais... j'ai entendu derrière moi:

— C'est toi, Rosalie?

Mon coeur a fait une sapristi de mocheté de chute dans les talons. Je me suis figée net. Il faisait noir comme chez le loup. J'ai repoussé Terry et je me suis retournée.

Une forme approchait. Je suais comme un coupeur de cannes à sucre à Cuba. J'avais honte surtout.

Puis j'ai entendu la voix répéter:

— C'est toi, Rosalie?! Je te cherche partout!

Fiou! Cette fois, j'ai reconnu la voix du professeur de géo.

Alors, sans même dire au revoir à Terry Wayne, j'ai couru comme une folle vers André et je l'ai suivi sans dire un mot jusqu'à la Camaro.

Tante Diane attendait, appuyée sur la portière avant. Elle surveillait les aiguilles phosphorescentes de sa montre. J'ai entendu:

— Vingt heures cinquante, Rosalie Dansereau. Tu veux me dire où tu te cachais?

C'est André Surprenant qui a répondu:

— Avec tous ces jeunes habillés pareil... j'ai eu un peu de mal à reconnaître son tee-shirt.

Le professeur de géo venait de refaire un bond terrible dans mon estime et je lui ai fait un grand sourire en descendant de l'auto.

Ensuite, j'étais si fatiguée que j'ai filé dans ma chambre. Je me suis endormie sans penser à Terry. Ni à Baby Ann, sa soeur. Ni même à Pierre-Yves Hamel que je n'avais pas encore vu et qui faisait je ne sais quoi dans son motel du Coconut Lodge.

Chapitre V

Six points de suture et deux Goofy

Le lendemain, on m'a réveillée presque aux petites heures du matin. Tante Gudule, pour faire la drôle, me secouait en hurlant:

— Debout, *Honey!* Debout, *Sweet-heart!* Il faut partir tôt, *Sugar,* si l'on veut tout visiter!

J'étais beaucoup trop endormie pour répliquer. Je me suis laissé traîner à la salle de bains.

Je n'avais toujours pas très envie de visiter Disney Land. J'avais du mal à comprendre l'agitation des adultes pour des personnages de bébés. Bref, il y avait autant d'excitation dans la maison que le jour de la visite du père Noël dans une maternelle.

André et Diane préparaient en roucou-lant un pique-nique de goinfre. Gudule chargeait les quatre appareils photo de films super sensibles! Super rapides! Super tout, quoi!

Élise sautillait sur un pied, puis sur l'autre... Elle avait tellement hâte, disait-elle, de visiter le zoo et ses lamas qui crachent, ses crocodiles endormis, ses hippopotames alanguis... Et à sept heures trente pile, nous roulions déjà vers Orlan-do. Vers Blanche-Neige, les sept nains, Mickey, Donald Duck, Pluto et Goofy.

Toujours coincée entre tante Élise et tante Gudule, je somnolais, la tête ap-puyée sur une caisse de boissons gazeu-ses, les pieds cloués par une autre caisse de boissons gazeuses.

Je rêvais à ma promenade de la veille. Et à mon grand héros viking. Il allait être super surpris d'apprendre que je savais nager. Enfin, je volais en équilibre sur la crête des vagues, lorsque la voiture bifur-qua vers le stationnement de Disney Land.

J'ai bayé aux corneilles, étiré les bras et j'ai levé le nez... Encore une fois, j'en ai eu le souffle coupé. Le royaume de Disney paraissait aussi grand que l'océan Atlantique. Aussi coloré qu'un coucher de soleil sur l'océan Pacifique. Et les tours d'un vrai château pointaient comme des flèches aux quatre coins du ciel. C'était super beau! Super magique! Et pas bébé du tout!

Il y avait des milliers d'adultes, d'adolescents et d'enfants qui passaient les barrières. Ça grouillait partout. Puis j'ai eu l'intuition que Pierre-Yves Hamel était quelque part dans la foule. Puis la certitude que c'était aujourd'hui, et ici même, que nous allions nous revoir.

J'en étais si certaine que je n'ai pas été surprise, quelques minutes plus tard, d'apercevoir sa tête rousse. Et de la voir disparaître aussitôt dans une sorte de sous-marin de poche appelé *Vingt mille lieues sous les mers* et s'engloutir sous l'eau.

J'allais courir vers le monde de Jules Verne, mais tante Élise m'a retenue et crié comme si j'allais disparaître sur la face cachée de la lune:

— Défense de se séparer! Sinon, on ne se retrouvera jamais!

Ce fut le début d'une sapristi de mocheté de journée où chaque fois que je voulais aller à gauche, mes tantes me tiraient à droite. Chaque fois que j'entrais dans un manège, je croyais voir Pierre-Yves en sortir.

Mes tantes ont dû prendre quarante millions de photos. Des photos de jungle et de perroquets. De pirates et de trésors. D'Indiens, de cow-boys, de fées, de princes, de poupées mécaniques, de dragons électroniques. De stations orbitales et de cavernes des horreurs. Moi, je devais grimacer au premier plan.

Bref, la journée s'est passée beaucoup trop rapidement à mon goût. C'est à peine si, dans l'après-midi, j'ai pu faire trois tours de montagnes russes avec André. Six batailles de stock-cars avec Gudule. Et deux descentes en billots avec Diane.

Je n'avais toujours pas rencontré mon grand héros viking, mais j'ai pu tirer trois balles de baseball dans une jarre d'Ali Baba et gagner un super Goofy en peluche avant qu'Élise nous entraîne enfin vers ses lamas qui crachent, ses crocodiles endormis et ses hippopotames alanguis.

Un iguane immobile me fixait depuis

dix minutes, lorsque toutes les lumières du royaume de Disney se sont éteintes en même temps. Tout est devenu sombre. C'était le signal du début de la parade lumineuse. Tout le monde se bousculait vers la rue principale.

On a vu des dizaines de chars allégoriques, habités par des dizaines et des dizaines de personnages de contes de fées et de bandes dessinées, qui défilaient à la queue leu leu.

Je tenais mon Goofy serré sur moi. Puis entre le char de Cendrillon et celui du chien Pluto, de l'autre côté de la rue... je l'ai revu! C'était bien lui! C'était mon héros.

Il avait deux Mickey dans les bras. Et, de chaque côté des Mickey, il y avait deux Américaines! J'étais tellement certaine qu'une des Américaines était Baby Ann que... ç'a été plus fort que moi... Je me suis élancée pour traverser.

J'ai vu un clown, monté sur des échasses, qui poursuivait quelque chose. Je l'ai vu, mais le clown, lui, sans faire exprès, m'est tombé dessus. J'ai perdu connaissance. Dix petits oiseaux chantaient cui-cui.

Après la sérénade des petits moineaux, je me suis réveillée étendue dans le char allégorique de Blanche-Neige. Autour de moi, sept nains grimaçaient, mes tantes se lamentaient et André me tapotait les joues.

À l'infirmerie de Disney, une femme médecin m'a fait six points de suture derrière la tête. Et sans doute pour me consoler, le clown monté sur des échasses m'a remis un deuxième Goofy en peluche.

Dehors, la parade lumineuse semblait finie. On entendait déjà la pétarade de feux d'artifice qui clôturent toujours la journée au royaume de Disney.

Sans perdre une minute, tout le monde s'est engouffré dans la Camaro, mes trois tantes super inquiètes sur la banquette arrière et moi, triste à mourir, devant. La tête appuyée sur l'épaule d'André, je pensais à Pierre-Yves Hamel, à sa tricherie, à sa tromperie.

J'étais presque morte pour lui et il ne s'en était même pas aperçu. J'étais presque morte pour lui et le monstre regardait, avec Baby Ann, les gerbes de feux qui explosaient dans la nuit.

Ce n'était pas au royaume de Disney que l'on s'était revus... Et j'avais maintenant l'intuition, presque la certitude, que l'on ne se reverrait JAMAIS! Enfin, je veux dire, se voir, comme avant.

Chapitre VI
Key West

Le jour suivant, je l'ai entièrement passé allongée sur la véranda. Je soignais, à la fois, mon coup de soleil, mon crâne meurtri et mon coeur en charpie.

C'était plat à mourir. Personne n'a crié «Aux requins!» et la route qui longe l'océan Atlantique est demeurée aussi déserte que la mer de la Tranquillité après le passage d'Armstrong sur la lune.

J'en ai profité pour écrire ma deuxième carte postale. Je voulais dire à Julie Morin, ma meilleure amie, ce que je pensais des voyages en général et du beau Pierre-Yves Hamel, en particulier. Des points de suture, de la tricherie et de la tromperie aussi. Finalement, j'ai écrit en petit, petit:

Plage super! Sable fin comme des puces d'ordinateurs! Partys super capotants! Pierre-Yves un peu loin de notre bungalow de rêve. Mais je nage et je surfe avec un Américain! Disney Land super génial! Défilé lumineux super délirant! Te donnerai un des super Goofy en peluche que j'ai gagnés. T'embrasse et salue Chip, ton chat, et ton ordinateur.

J'ai signé: *Ton amie super, super heureuse.*

J'ai redemandé un timbre américain, mais comme, encore une fois, personne n'avait pensé à en acheter, j'ai déposé ma deuxième carte postale sur la première. J'ai pris un livre et je me suis endormie.

Ensuite, je crois bien que j'ai mijoté dans mon jus. J'ai fixé la crête des vagues. Puis la route dans les dunes. Puis encore les vagues. Puis encore les dunes.

J'avais beaucoup de mal à comprendre pourquoi mon héros préférait s'amuser avec une Américaine, pourquoi Pierre-Yves Hamel m'avait abandonnée.

Et le soir, dans mon lit, j'ai eu plus de mal encore à chasser l'image de sa bague. Je la voyais ballotter dans l'eau salée et s'enliser petit à petit dans le sable.

***

Vendredi matin, je n'avais plus mal à la tête. J'avais le nez et les épaules moins rouges, mais je pelais comme un oignon. Je n'avais plus envie de m'allonger sur la véranda et de m'abîmer les yeux sur l'horizon. J'avais le goût de bouger. Partir. Partir pour oublier.

Sur le mur de la cuisine, André Surprenant avait épinglé une carte des États-Unis. Il la parcourait du doigt. Nous étions tous les deux seuls à la maison. Je me suis approchée et j'ai dit:

— Moi, un jour, je quitterai tout et je ferai le tour de la planète!

J'ai même ajouté, pour lui voir l'air:

— Et ce ne sera pas dans bien longtemps!

Il a souri, puis il m'a raconté qu'à quatorze ans, il avait eu la même idée.

Qu'il avait fait une fugue de deux jours. Qu'il voulait d'abord se rendre au Mexique, puis continuer au bout des Amériques jusqu'à la Terre de Feu, mais que ses parents l'avaient rattrapé à la frontière américaine. Il a dit qu'il ne pouvait pas savoir, à l'époque, combien ç'avait pu les inquiéter...

Je me sentais si à l'aise avec André que j'ai demandé:

— Tu voulais partir parce que tu en avais assez ou bien parce que tu avais une peine d'amour?

Il a répondu:

— Ni l'un, ni l'autre. J'avais seulement envie de voir du pays et je ne voulais pas qu'on m'en empêche.

J'ai hoché la tête et j'ai marmonné en regardant les tuiles du plancher:

— Moi, avec mes sept tantes qui se prennent toutes pour mes mères, je ne me rendrais même pas au coin de la rue.

Puis j'ai osé poser la question qui me brûlait les lèvres depuis avant-hier:

— Qu'est-ce que tu penses d'un gars qui trompe sa blonde avec une Américaine?

C'était à son tour de hocher la tête.

Même que sa tête a bougé longtemps sur ses épaules avant qu'il réponde:

— Bof! Parfois, la jalousie est beaucoup plus détestable que la tromperie.

J'étais certaine qu'il allait ajouter quelque chose de plus intelligent... mais sa Diane revenait d'une promenade avec les bras chargés d'oranges grosses comme des pamplemousses. Elle avait découvert l'oranger abandonné quelque part derrière la maison. Comme il y en avait, paraît-il, des dizaines d'autres... ils sont partis tous les deux en se bécotant.

À les voir s'embrasser comme des perruches, j'ai pensé: «Jalousie... Jalousie! Je voudrais bien lui voir la tête, si jamais il trouvait sa Diane dans les bras d'un autre professeur de géographie!»

Bref, l'amoureux de tante Diane venait de dégringoler dans mon estime.

Finalement, je suis revenue à la carte des États-Unis. J'ai trouvé la Floride. Puis Saint Augustine où on avait dormi. Puis Daytona Beach, un peu au nord d'Ocean View. Puis Titus Ville, à côté de Coconut Lodge. Puis Miami Beach où j'irai peut-être un jour. Puis Key Largo au sud. Puis au sud du sud de la Floride,

Les vacances de Rosalie

Key West comme le bout des États-Unis.

***

Le ciel était couvert... j'ai pris ma bicyclette tout terrain et je l'ai appuyée sur le tronc de l'unique palmier. Puis je suis allée avertir tante Élise que j'allais faire un petit tour! Pas très loin! Histoire de trouver des pamplemousses gros comme des citrouilles! Tante Diane avait bien trouvé des oranges grosses comme des pamplemousses!

Après avoir promis trente-six fois de ne pas perdre la maison de vue, j'ai enfourché ma bicyclette.

Mon anorak était bourré de biscuits aux arachides. Ma brosse à dents était dissimulée dans mon costume de bain. Key West, adossé à la mer, était au bout du chemin, droit devant.

J'étais prête pour mon voyage autour de la planète. Prête parce que c'était beaucoup, beaucoup trop triste de rester ici.

***

J'ai roulé une heure sans regarder derrière. D'abord sur la route qui longe les dunes, puis sur une route en béton où s'alignent les hôtels et les motels. De temps en temps, je grignotais un biscuit. Puis la pluie s'est mise à tomber.

L'eau était chaude. Tombait dru. Je ne voulais pas m'arrêter. Pas avant d'avoir mis des kilomètres et des kilomètres entre le bungalow de rêve et moi. Entre ma BMX et la Camaro.

Il n'y avait personne dans les rues.

Malgré la pluie et mes vêtements dégoulinants, j'avais l'impression d'être aussi libre et légère que les centaines de goélands qui volaient au-dessus de ma tête. Puis les nuages se sont dispersés. Le soleil est apparu.

J'ai roulé, roulé. Puis j'ai eu chaud. Puis j'ai eu soif. Si chaud et si soif que j'ai dû m'arrêter à l'ombre d'un palmier. Je n'avais pas encore dépassé Ocean View, ni le Coconut Lodge. Key West était si loin devant.

Enfin, j'ai repris mon souffle en grignotant le reste de mes biscuits. Puis je suis repartie. Le soleil tapait si fort que tous mes vêtements avaient séché d'un coup. En pédalant, j'avais encore plus chaud. J'avais encore plus soif.

Puis j'ai vu une affiche qui annonçait,

à cinq kilomètres devant, les motels d'Ocean View. J'ai pensé que Terry serait sûrement content de me donner un peu d'eau. Puis je me suis dit qu'il voudrait peut-être aussi m'empêcher de rejoindre Key West. M'empêcher de prendre un bateau pour Cuba et de filer vers les îles sauvages. Alors, j'ai changé d'idée et j'ai décidé de ne pas arrêter.

Quinze minutes plus tard, je mourais toujours de chaleur, de soif et j'avais maintenant l'arrière de la tête en compote. Mes sapristi de mocheté de points de suture brûlaient et élançaient comme des morsures de serpents minute.

Alors sitôt que j'ai revu l'affiche, j'ai encore changé d'idée. J'ai bifurqué vers Ocean View et filé droit sur la plage. Là où, il y a trois jours, j'avais quitté Terry sans même lui dire au revoir.

Chapitre VII

Des quais et de la barbe à papa

C'était pour lui demander un peu d'eau et continuer ensuite mon voyage, mais...

Terry Wayne était si heureux, si content de me revoir. Il allait justement faire un tour aux salles de jeux électroniques des quais qui longent la mer.

J'ai rangé ma BMX sous le chapiteau de danse et malgré mes morsures de serpents j'ai sauté, à côté de lui, dans sa jeep.

Je sais que je n'aurais pas dû. J'aurais dû suivre ma première idée. Filer à la vitesse de la lumière vers Key West et disparaître à jamais dans une île vraiment perdue.

Je venais d'apprendre qu'Anne Wayne n'avait jamais mis les pieds à Disney Land et qu'avant-hier un Canadien un peu roux avait systématiquement visité toutes les roulottes d'Ocean View.

Je n'aurais pas dû, mais je suis allée quand même sur les quais abattre des avions fantômes et des sous-marins de poche. Manger des hamburgers. De la barbe à papa. Des glaces aux arachides. Des frites au vinaigre et des chips barbecue.

J'y suis allée et je riais. Je riais et Terry me tenait par le cou en chantant à tue-tête:

— *Darling...* je vous aime beaucoup.

C'était vrai qu'il aimait les Françaises. Et devant un stand de tir au pigeon il s'est arrêté, m'a serrée fort et je crois qu'il allait m'embrasser, lorsque j'ai entendu derrière mon dos:

— C'est toi, Rosalie?

Il ne faisait pas noir comme chez le loup et le soleil brillait même drôlement. Mais cette fois, avant de me retourner, j'avais reconnu la voix.

J'ai vu Pierre-Yves baisser les yeux. Enfoncer la tête dans les épaules et...

comme une sapristi de mocheté de gars qui vient de recevoir le pire coup sur le crâne de toute sa vie, tourner les talons et disparaître dans la foule.

Je ne pouvais pas courir après lui, j'étais rivée au sol. Plombée comme un quillard de dix tonnes. Je ne pouvais pas crier, j'aurais eu l'air d'une folle. Je ne

pouvais pas pleurer, j'aurais eu l'air d'un bébé. Alors, j'ai secoué ma tignasse d'indienne javanaise et j'ai dit:

— Je devais faire une fugue de trois jours, mais j'en ai assez, je veux rentrer.

On est repartis vers Ocean View. Sûrement parce qu'il est Américain, Terry souriait toujours. Il souriait encore quand j'ai repris ma bicyclette tout terrain pour revenir au bungalow.

Je roulais depuis dix minutes, lorsque j'ai croisé la Camaro d'André. Elle filait comme une voiture de police dans Miami Vice. Puis elle a freiné sec, en soulevant la poussière, comme la Land Rover d'Indiana Jones dans le désert.

Elle faisait un demi-tour tout à fait spectaculaire, lorsque je me suis rangée sur le côté. La Camaro est arrivée à ma hauteur. J'ai vu trois regards affolés. Avant que tante Élise ouvre la bouche, j'ai dit, en baissant les yeux:

— Je voulais me rendre à Key West. Prendre un bateau pour Cuba. Filer vers les îles Galapagos. Visiter l'Afrique. La Malaisie. Les îles Fidji, mais... en chemin j'ai eu un pépin.

J'ai relevé les yeux, vu quatre bouches

ouvertes. J'ai poursuivi:

— Je ne monte pas avec vous. Je préfère rentrer seule sur ma BMX tout terrain.

Mes tantes n'ont pas dit un mot. André m'a fait signe de passer devant. Et ils ont roulé derrière moi jusqu'au bungalow de rêve.

Je pédalais. Pédalais. La tête vide. Le coeur brisé. Insensible aux mille morsures de serpents minute qui grignotaient encore mes points de suture.

En arrivant, je me suis affalée sous les palmes du cocotier solitaire et j'ai pleuré doucement.

J'imagine qu'André a su retenir mes tantes parce que j'ai pu pleurer en paix. Pleurer et sangloter jusqu'à ce que mille millions d'étoiles apparaissent au-dessus de l'océan Atlantique.

Chapitre VIII
Le Coconut Lodge

Je n'ai pas eu besoin d'expliquer l'incident de Key West. André avait tout compris. Mais en ce qui concerne les gens qui trompent les autres, il comprenait à l'envers. Il s'imaginait encore que je mourais de peine et de jalousie, alors que je crevais d'inquiétude et de honte.

J'ai donc préféré ne rien lui dire du tout. Finalement, il est remonté de vingt-deux crans dans mon estime en m'offrant de me conduire à Coconut Lodge, le dimanche suivant, et de m'attendre aux alentours en faisant de la plongée avec Diane.

J'ai trouvé rapidement le motel des

Hamel. Mais Pierre-Yves était parti à la pêche en haute mer avec son père. Mme Hamel, étendue sur une chaise longue, n'avait pas l'air heureuse de me voir. Elle insistait tellement sur le sérieux et l'intérêt nouveau que Pierre-Yves manifestait pour les activités de son père que j'ai compris.

J'ai compris que mon grand héros viking filait un mauvais coton. Qu'il était en danger. Après tout, mourir d'amour, ça arrive même aux garçons!

J'aurais bien voulu m'asseoir à côté d'elle, mais elle n'avait pas l'air d'y tenir tellement. Elle racontait que son fils revenait très tard le soir. Qu'il partait très tôt le matin. Que demain et après-demain, ce serait la même chose.

Madame sa mère n'avait pas changé. Elle faisait toujours des tas de chichis et dorlotait son fils comme un bébé. Malgré tout, j'aurais aimé lui parler encore, mais elle ramassait déjà ses cliques, ses claques, son sac de plage et ses sandales. Et sans même m'inviter, elle s'engouffra dans son motel.

C'est à peine si j'ai eu le temps de crier:

— Vous lui direz que je suis venue...
Et que je reviendrai!

Elle a répondu en marmonnant:

— Promis, ma petite Rosalie.

Je me méfie quand Mme Hamel m'appelle sa petite Rosalie... Sûr et certain qu'elle se doute de quelque chose. Qu'elle m'en veut à mort de faire souffrir son fils. C'est toujours comme ça, les mères qui n'ont qu'un enfant. Moi, plus tard, je serai vétérinaire et j'aurai une sapristi de mocheté de bande d'enfants.

Finalement, je suis revenue vers la lagune et j'ai pataugé dans l'eau avec Diane et son professeur de géo.

J'ai nagé des heures entre les amoureux. J'améliorais sérieusement mon style papillon, lorsqu'ils ont décidé de revenir au bungalow. J'ai supplié André d'attendre trois petites minutes. Histoire de retourner au motel. Voir si Pierre-Yves était revenu de son voyage en haute mer. IL L'ÉTAIT.

Il rangeait son attirail de pêche. Alors, timidement, avec mille précautions, je me suis approchée et j'ai dit:

— C'est moi, Rosalie.

Il a relevé la tête. Il allait dire quelque

chose, mais il n'a rien dit du tout. Encore une fois, il a baissé les yeux et tourné les talons. Et comme un gars qui n'est pas encore guéri du pire coup qu'il a reçu sur le crâne de toute sa vie, il s'est barricadé à son tour derrière la porte de son motel.

J'ai attendu, debout comme un piquet. Puis je l'ai revu, le front appuyé à une des fenêtres. Il fixait le vague. Moi qui m'attendais à des reproches, des mots pas gentils, j'étais désespérée. Désespérée de voir ses deux yeux tristes qui ne pouvaient même plus me regarder dans les yeux.

Je n'avais pas le choix, je suis repartie. À plat ventre sur le siège arrière de la Camaro, j'ai reniflé. Puis sangloté. Puis pleuré à chaudes larmes. Puis à gros bouillons.

Plus tante Diane racontait que ce n'était pas la fin du monde! Qu'il y avait sur la planète des garçons plus beaux que Pierre-Yves! Plus gentils et PLUS FIDÈLES surtout! Plus je chialais.

Heureusement qu'en arrivant, mes deux autres tantes lisaient, étendues sur la plage... J'ai filé aux toilettes. Pleuré encore. Puis je me suis mouchée, lavée et remaquillée. Enfin, je suis revenue m'asseoir sur la véranda pour écrire ma troisième carte postale.

Je voulais demander à Marco Tifo si un gars pouvait réellement se laisser mourir d'amour. Après tout, Marco était mon ex-amoureux. Il avait même failli se rompre le cou pendant tout un hiver dans son garage, en tentant de réussir, pour moi, son triple saut périlleux arrière*.

Bref, je voulais lui raconter ma promenade sur les quais. Je voulais lui raconter Key West. Je voulais lui raconter au sujet de Terry. Et finalement, j'ai écrit en petit, petit:

Mon style papillon déjà super! Ferai sûrement les Jeux du Québec avec toi, l'an prochain! Me suis rendue presque à Key West avec ma BMX tout terrain! Ai gagné un super Goofy en lançant une balle dans une jarre d'Ali Baba! Vacances de rêve, quoi!

J'ai signé: *Rosalie, ton amie.*

*Voir *Le héros de Rosalie,* chez le même éditeur.

159

Je n'ai pas demandé de timbre américain. Je savais que personne n'en avait encore acheté. J'ai seulement glissé ma carte postale sous les deux autres. Il était temps. Tout le monde remontait de la plage, affamé.

André Surprenant s'affaira immédiatement au barbecue. Il mit le feu aux briquettes et souffla dessus.

Tante Élise, qui décidément devenait aussi embêtante que le Céleri surveillant, se plaignait que nous mangions trop souvent des hamburgers! Que le charbon de bois était mauvais pour la santé! Qu'heureusement il ne restait que cinq jours de vacances! Qu'en arrivant sur le boulevard Saint-Joseph, on allait enfin se remettre à une nourriture plus saine et plus équilibrée!

Moi, des hamburgers, j'en mangerais tous les jours. Mais, aujourd'hui, je n'avais pas d'appétit. Huit jours de vacances étaient partis en fumée et aucun des mille projets échafaudés avec Pierre-Yves ne s'était réalisé.

Enfin, tante Gudule qui étendait une deuxième couche de mayonnaise sur son pain a lancé, comme si la crème blanche

lui rappelait quelque chose:

— Oh! *Honey!* Ton requin américain a rôdé tout l'après-midi autour du parasol. Il semblait très déçu de te savoir au Coconut Lodge.

J'ai répondu, amère:

— Lui... il peut bien aller faire ses petits tours ailleurs! Il ne parle que de surf, de planche à voile, de jeux électroniques et de jeep.

Tout le monde m'a regardée comme

si j'étais malade. Mais je savais bien, moi, que c'était avec mon grand héros viking que j'avais tellement de choses en commun.

Des choses comme... les livres dont vous êtes le héros. Des choses comme... le petit Léopold, fils de Timinie, sa chatte, et de Charbon, mon chat.

Des choses comme... son hospitalisation en pleine tempête du siècle. C'était la fois où il avait failli mourir d'une supposée grippe de Hong-Kong qui avait, paraît-il, dégénéré en pneumonie et qui n'avait été, au fond, qu'une vulgaire coqueluche à la noix*.

Enfin, des choses qui avaient constamment failli mal tourner et qui nous avaient rapprochés. Des sapristi de mocheté de choses qui me donnaient encore l'envie de chialer.

Et je crois bien que j'allais me remettre à pleurer. Mais André venait de prendre tante Diane dans ses bras pour la bécoter. Et de les voir s'embrasser m'a rappelé quelque chose.

Quelque chose qui maintenant me

---

*Voir *Rosalie s'en va-t-en guerre*, chez le même éditeur.

paraissait si sage et si intelligent. Quelque chose qu'il me fallait dire sans faute à Pierre-Yves. Quelque chose qu'il devait savoir à tout prix!

Finalement, le professeur de géo est monté si haut dans mon estime que je n'ai pu m'empêcher de me jeter dans ses bras pour l'embrasser.

Chapitre IX
La troisième
ou la quatrième bouée

Le lendemain, André Surprenant est revenu me conduire au débarcadère du Coconut Lodge.

Assise au bout du quai, j'ai attendu pendant trois heures le bateau de pêche des Hamel. J'avais tout mon temps pour penser. Pour tourner et retourner dans ma tête la fameuse phrase du professeur de géo.

J'avais tellement hâte d'expliquer à mon héros que la plus petite sapristi de mocheté de jalousie était plus détestable que la plus énorme sapristi de mocheté de tromperie. Je voulais lui lancer à la figure ce qui me paraissait maintenant si intelligent, si sage et si vrai.

Je voulais lui dire qu'avec Terry Wayne, je n'avais fait qu'abattre des avions de chasse et des sous-marins de poche. Qu'enfin il n'y avait rien, absolument rien eu d'important entre nous. Qu'il ne fallait plus m'en vouloir et me regarder comme la pire sapristi de mocheté de monstre.

Enfin je voulais lui dire qu'il nous restait à peine quatre jours de vacances pour rire et s'amuser ensemble. Je voulais lui dire... mais je n'ai pas pu.

C'était trop horrible. Trop monstrueux ce que j'ai vu quand le bateau des Hamel est revenu au débarcadère. J'étais si malheureuse, si bouleversée que même Key West, même la Malaisie, les Galapagos et la Terre de Feu n'auraient pu me consoler.

Pour montrer à celui que j'aimais à quel point j'avais mal et à quel point je lui en voulais, j'ai grimpé sur le parapet du quai, j'ai fixé l'eau profonde et je me suis laissée tomber juste devant le bateau qui accostait.

J'avais appris à ne plus avaler des quarts d'océan Atlantique. Il me suffisait de battre des mains comme si je me noyais et d'attendre.

Attendre que Pierre-Yves Hamel lâche son Américaine et plonge pour me secourir... parce que cette fois, c'étaient bien Baby Ann et son afghan qui se collaient à mon héros, dans le bateau.

En sautant, j'avais eu le temps de voir Pierre-Yves tripoter une bonbonne d'oxygène, Anne Wayne cracher dans un masque de caoutchouc et M. Hamel agiter les bras dans ma direction.

Je gigotais dans l'eau salée. Pierre-Yves venait de plonger. J'attendais.

Pierre-Yves m'a d'abord saisie par les cheveux... Puis empoignée par le menton. Il me tirait, tirait vers le bateau. Tout se passait comme prévu. J'étais la noyée, lui était mon héros!

Ensuite, j'ai entendu des cris, des *help* qui venaient de partout. Enfin on était presque rendus au bateau quand j'ai reçu sur la tête une première bouée de sauvetage. Puis une deuxième.

La troisième ou la quatrième m'a assommée net. Pour la seconde fois depuis mes vacances en terre américaine, je suis tombée dans les pommes et j'ai réentendu le cui-cui des oiseaux.

Les vacances de Rosalie

J'ai repris connaissance sur le quai. Et je n'ai ni senti le bouche-à-bouche, ni vu mon héros qui me donnait la respiration artificielle. J'ai plutôt senti Baby Ann qui me massacrait les côtes. Et son chien afghan qui me léchait les joues.

Pierre-Yves Hamel, lui, me soutenait la tête. Quand j'ai enfin réussi à recracher l'Atlantique en entier, il a marmonné à mon oreille:

— Tu es la pire folle que je·connaisse, Rosalie Dansereau.

J'étais beaucoup trop à l'envers pour lui dire tout ce que je pensais. Heureusement pour moi.

Quelques minutes plus tard, j'apprenais non seulement que Baby Ann était la meilleure véliplanchiste, la meilleure surfeuse et la meilleure *lifeguard* de la côte, mais, j'apprenais aussi qu'elle était la meilleure monitrice de plongée sous-marine.

Pierre-Yves venait tout juste de prendre son premier cours de plongée. Madame sa mère avait tellement insisté pour qu'il se change les idées, c'est elle qui avait tout organisé. Finalement, il n'y avait rien, absolument rien eu entre Baby

Ann et mon héros.

Nous allions enfin passer ensemble les plus belles sapristi de mocheté de vacances de notre vie. Pierre-Yves ne me regardait plus comme la grande responsable du pire coup qu'il avait reçu sur la tête. Pierre-Yves me reparlait enfin. Mieux, j'avais risqué le tout pour le tout et mon grand héros avait pu, encore une fois, jouer les héros.

Chapitre X
Encore une fois...

Les jours suivants, je n'ai pas eu le temps d'écrire la moindre carte postale. J'étais trop occupée. D'abord, mardi, Pierre-Yves a tenu mordicus à m'apprendre à nager.

Je ne pouvais pas lui dire que je savais déjà. Il aurait compris pour mon faux plongeon du débarcadère. Alors, il m'a fallu, encore une fois, mimer les chiots. Reculbuter dans la vague. Réavaler des quarts d'océan Atlantique et recracher par les oreilles, la bouche et le nez la sapristi de mocheté d'eau salée.

Mercredi, Pierre-Yves a tenu absolument à faire une longue randonnée à bicyclette. Partir de Coconut Lodge et filer vers le sud. Je ne pouvais pas lui dire au sujet de Key West. Ni de Cuba, de la Malaisie, et des îles Galapagos. Alors, on s'est rendus, en pédalant, aux alentours de Palm Beach.

Encore une fois, j'ai eu chaud et j'ai eu soif. Nous avions dépassé Ocean View depuis longtemps, lorsque les serpents minute se sont remis à me mordiller l'arrière du crâne. Trois de mes points de suture ont lâché. Le sang coulait un peu. On s'est arrêtés.

J'ai raconté à Pierre-Yves à quel point Disney Land était dangereux pour les enfants, beaucoup plus dangereux qu'un épisode de Miami Vice! Que c'était justement en visitant le zoo de Disney qu'un méchant babouin, profitant de ma fascination pour un lama qui crache... m'a lancé par la tête une noix de coco aussi grosse que la citrouille du carrosse de Cendrillon!

C'est en lui expliquant comment une femme médecin m'avait recousu le crâne que mon grand héros viking est tombé dans les pommes.

Pendant qu'il écoutait à son tour les

cui-cui des oiseaux, j'ai téléphoné à madame sa mère. Elle est arrivée une heure après. Comme Indiana Jones dans sa Land Rover, en faisant crisser les pneus et en soulevant la poussière.

Et nous sommes finalement revenus de notre expédition au sud de la Floride, confortablement assis dans l'automobile familiale des Hamel avec nos deux BMX sur le toit.

Puis, jeudi, Pierre-Yves a tenu absolument à ce que je monte avec lui sur sa planche à voile. Je ne pouvais pas lui dire qu'un requin blond, avec les yeux beaucoup beaucoup plus bleus que la mer bleue, m'avait, lui aussi, promenée sur sa planche de surf en m'appelant *Honey.*

Enfin, on est partis du Coconut Lodge et une heure plus tard on s'est retrouvés, par malchance, juste devant le chapiteau de danse d'Ocean View.

Pire, le requin blond, en me reconnaissant, a mis immédiatement sa planche de surf à l'eau. Il bondissait en tournant autour de nous. Il hurlait, comme une sapristi de mocheté d'imbécile:

— *Hi! Honey! Hi! Sweetheart! Hi! Apple pie! Sugarplum! Hi! Honeybun!*

Hi! Sugar! Hi! Baby!

Comment expliquer! Comment expliquer à mon héros que c'était avec lui et non avec Terry que j'avais tellement de choses en commun.

Pierre-Yves avait déjà repris son air de gars qui n'avait pas encore oublié le pire

coup qu'il avait reçu sur la tête. J'ai donc décidé que c'était le moment, le moment ou jamais, de lui faire comprendre la fameuse phrase si sage, si vraie et si intelligente du professeur de géo.

Je me suis étendue sous la voile et j'ai expliqué. J'ai expliqué, malgré les *Honey,* les *Sugarplum* et les *Sweetheart* du beau Terry... à quel point la jalousie était détestable.

Il n'a pas eu l'air de comprendre. Même que mon grand héros avait repris son regard perdu. Son regard avec des yeux si tristes qu'encore une fois, il n'arrivait plus à me regarder dans les yeux.

Avant qu'une Baby Ann arrive dans les parages, j'ai fait exprès pour perdre l'équilibre et faire chavirer la planche. Surpris, Pierre-Yves a avalé une bonne gorgée d'eau salée. Mais, d'un coup, il a retrouvé sa tête de gars qui veut survivre à tout prix.

C'est ce soir-là que tante Élise est sortie de son paradis perdu pour remettre les pieds au cirque d'Ocean View. Elle avait enfin terminé sa brique de quatre cents pages sur les moeurs des babouins. Elle devait manquer de compagnie.

Elle a dû en manquer beaucoup, puisque c'est elle, la sauvage, qui a invité Pierre-Yves, sa famille, la bande de requins qui surfait, Terry, sa soeur et même son père, le gérant d'Ocean View, à venir, le lendemain, manger des hamburgers sur la plage.

C'était la veille de notre départ. Il faisait beau, il faisait chaud. On s'amusait. On dansait. C'était super! Le bungalow du bout du monde n'était plus perdu du tout.

Pierre-Yves n'en voulait plus à Terry. Baby Ann dansait avec son afghan. Les Hamel discutaient avec Gudule. Et... le professeur de géo soufflait sur ses briquettes. Même qu'à un moment je l'ai vu souffler drôlement.

Je crois que le gérant d'Ocean View s'intéressait un peu trop à son goût au chapeau fleuri de tante Diane.

Finalement, la journée aurait été presque parfaite si je n'avais pas entendu tante Élise dire et redire à Terry:

— *She's twelve,* à peine... le mois passé.

Le beau Terry a marmonné:

— *Incredible! Absolutely incredible.*

176

But... she's JUST A BABY!

J'ai vu tante Élise incliner la tête et répéter:

— *Yes! She's JUST A BABY!*

J'aurais voulu la tuer. Lui faire avaler une par une les quatre cents pages de son livre sur les moeurs des babouins. Finalement, pour prouver à quel point je n'étais plus un bébé, j'ai secoué ma tignasse d'indienne javanaise, foncé sur Terry et j'ai crié pour que tout le monde entende:

— Oh! Terry, il m'est arrivé, *a terrible bad luck. I have lost* ma bague de fiançailles... *My ring, you know? In the blue sea.*

Puis je me suis lancée au cou de Pierre-Yves. Tout le monde plongeait déjà dans les vagues. Mon grand héros, lui, n'avait pas bougé. Il m'a seulement demandé:

— De quelle bague, au juste, tu veux parler, Rosalie Dansereau?

J'ai répondu:

— De la tienne, Pierre-Yves Hamel!

Il a marmonné:

— Décidément, tu perds tout, Rosalie Dansereau!

C'était vrai. J'avais perdu sa bague et

autrefois, j'avais perdu deux chats*. Honteuse, j'ai chuchoté à son oreille:

— Tu me pardonnes, *Honey?*

Pierre-Yves Hamel a fait une sapristi de mocheté de grimace. Il a trouvé le *Honey* si ridicule que j'ai dû promettre de ne plus jamais jamais le répéter.

Madame sa mère s'approchait de nous et avant qu'elle refasse ses tas de chichis, j'ai entraîné Pierre-Yves dans les vagues.

Avec tout le monde, on a plongé, puis replongé pour retrouver la bague. On a cherché longtemps, mais personne, pas même Terry n'a pu la retrouver.

Puis, le soleil s'est couché. J'ai pris la main de mon grand héros et je suis allée faire un tour dans les dunes. Je crois qu'on n'a jamais été si bien tous les deux. Ensuite, quand Pierre-Yves et moi sommes revenus, tout le monde se disait déjà au revoir.

Puis tout le monde est parti. Le gérant du motel. La famille Hamel. Puis les surfeurs. Puis Baby Ann. Puis Terry Wayne. Et finalement, Pierre-Yves, seul, sur sa BMX.

*Voir *Le héros de Rosalie*, chez le même éditeur.

C'était triste. Si triste de revoir le bungalow comme la mansarde de Robinson Crusoé. Si triste de savoir que mes vacances aux États-Unis étaient finies. Si triste de devoir, le lendemain, empiler sur le toit de la Camaro nos quatre étages de bagages. Si triste d'abandonner la bague de Pierre-Yves aux pieuvres, aux éponges, aux méduses et aux poissons tropicaux.

Si triste enfin que j'ai couru chercher une pile de cartes postales et une lampe de poche. Je me suis appuyée sur le tronc du palmier solitaire et j'ai écrit... écrit, en gros, gros, à Benoît, à Polo, à Piam Low. À Marise, à son frère et encore à mes tantes. Encore à Marco, et encore à Julie, ma meilleure amie:

Sapristi de mocheté de vacances de rêve!!! De retour bientôt!!
Et j'ai signé: *Rosalie Dansereau.*

J'ai mis toutes les cartes postales entre les pages du livre que je n'avais pas eu le temps de lire. Je me suis promis, demain, d'acheter sans faute, douze timbres américains. Et après, j'ai ravalé ma salive et je suis rentrée.

Épilogue

La vieille Camaro d'André se traînait enfin sur les autoroutes canadiennes. C'était si loin Montréal, si grand le Québec! J'avais si hâte d'arriver. Si hâte de revoir mes amis, mes tantes et Charbon, mon chat.

Puis... j'ai eu le souffle coupé. J'ai pensé: «Comme c'est beau, le boulevard Saint-Joseph!» D'un coup, je me suis rappelé la pile de cartes postales oubliées entre les pages de mon livre. Et je me suis dit: «Décidément, Rosalie Dansereau, tu oublieras toujours tout!»

Le lendemain, avant d'y coller mes douze timbres canadiens, j'ai relu

tranquillement mes douze cartes postales. En caressant Charbon, j'ai rêvé à la
mer bleue. J'ai rêvé aux palmiers et j'ai
rêvé aux noix de coco. Finalement, j'ai
rêvé longtemps en pensant aux sapristi
de mocheté de belles vacances que
j'avais passées aux États-Unis.

Ginette Anfousse

ROSALIE À LA BELLE ÉTOILE

Illustrations
de Marisol Sarrazin

la courte échelle

Prologue

Tout a commencé vendredi, en revenant de l'école. Il faisait beau. J'étais de bonne humeur. Il restait à peine un mois, deux semaines et quatre jours avant les grandes vacances de l'été et je venais d'attraper, en maths, le premier A- de ma carrière d'étudiante à l'école Reine-Marie. Puis… BADANG! je les ai aperçus.

Ils se faisaient, je vous le jure, des mamours sur le perron. J'ai eu tout de suite un mauvais pressentiment. Comme si un malheur terrible allait arriver. Je me suis approchée sur la pointe des pieds, j'ai agrippé Charbon par la peau du cou et, sans le secouer ni rien, j'ai dit:

— Tu n'as pas honte de tromper Timinie?

Et à la sapristi de chatte tigrée qui me
reluquait comme si j'étais la dernière des
mochetés:

— Toi, je ne veux plus te voir ici. File!
Schnell! Pshittt!

Elle n'a pas bronché. Seulement fouetté
l'air avec sa queue avant de se glisser tranquillement sous le balcon. Il était temps…
Charbon gigotait comme un diable dans
l'eau bénite. Je ne pouvais plus le retenir.

J'ai réussi à ouvrir la porte de la maison,
je ne sais trop comment, et j'ai foncé, vitesse grand V, tout droit dans ma chambre,
au premier étage.

En haut, sans lâcher Charbon d'un poil,
j'en ai profité pour lui reparler de Timinie,
la chatte de Pierre-Yves, et de mon sapristi
de mocheté de mauvais pressentiment. Lui
dire que si tout était fini entre lui et Timinie, j'étais certaine que ce serait pareil
pour moi aussi.

Je pensais à mes amours avec Pierre-
Yves Hamel, bien entendu. Après tout, nos
histoires ont débuté en même temps, il y a
cinquante-sept semaines, deux jours et
quatre heures exactement.

J'ai cru, une seconde, qu'il avait compris. J'ai relâché l'étreinte. Je n'aurais pas dû. L'hypocrite en a profité pour se ruer vers la fenêtre. S'élancer dans le vide et atterrir, en bas, sur le boulevard Saint-Joseph.

Trois secondes plus tard, il se faufilait, le traître, sous la galerie. J'ai jeté un petit coup d'oeil du côté de chez Pierre-Yves. J'ai décidé de lui téléphoner immédiatement.

Chapitre I
Police et pompiers

Il n'était pas encore arrivé. Comme d'habitude, Mme Hamel a promis de lui faire le message. J'ai rongé mon frein, disons… quarante-cinq minutes. Ensuite, j'ai perdu patience. J'ai re-téléphoné. Puis re-re-téléphoné. Puis re-re-re-téléphoné. La sixième fois, madame sa mère m'a quasiment claqué la ligne au nez.

Je suis descendue à la cuisine. Pour me consoler, j'ai avalé le demi-kilo de saucisson qui traînait sur la deuxième tablette du frigo. Le fromage en grains et le reste du pepperoni.

À dix-huit heures, mon grand héros viking n'avait toujours pas rappelé. Je l'ai imaginé avec n'importe qui. Je veux dire avec une blonde aux yeux bleus comme Marie-Ève Poirier ou Baby Ann, l'Américaine du Coconut Lodge qui, l'été dernier, m'avait presque rendue folle de jalousie. Je me suis mise à chialer.

C'est tante Florence, finalement, qui m'a trouvée, recroquevillée dans le fond du garde-manger. Elle avait entendu renifler et gémir. Je me suis jetée dans ses bras et j'ai tout raconté.

Dix minutes plus tard, je trempais dans une baignoire pleine à ras bord de jus de pomme-cumin-cannelle-clou-de-girofle et je ne sais trop quoi pour me détendre. C'était soi-disant son remède miracle pour oublier. Quand je pense qu'avec la plus bizarre de mes sept tantes j'aurais pu me retrouver dans une baignoire de potage à l'échalote… Enfin!

Au début, ça sentait très fort le couscous aux légumes, le ragoût de boulettes et le souvlaki. J'ai retenu mon souffle en me répétant: «Les nerfs, Rosalie! Les nerfs, Rosalie!» J'ai fini par m'habituer. J'ai vraiment oublié.

J'ai mariné assez longtemps avant d'entendre un premier cri au rez-de-chaussée.

Un deuxième. Un troisième. Au septième cri... ça s'est mis à hurler en grimpant l'escalier.

Évidemment, c'étaient mes tantes. En grappe, derrière la porte, elles criaient comme si un missile s'était abattu sur le comptoir de leur cuisine.

J'ai hurlé à mon tour:

— Il y a le feu ou quoi?

J'ai fini par comprendre que Charbon, mon petit Charbon, avait, paraît-il, malmené leurs boîtes à fleurs. Plus particulièrement, les sept qui décoraient le devant du perron. Comme mes tantes exagèrent toujours, je me suis rhabillée tranquillement. Et, sans me presser ni rien, je me suis rendue sur la galerie.

Cette fois, mes tantes n'avaient pas exagéré du tout. C'était comme si leurs quatorze douzaines de géraniums avaient passé au robot culinaire et qu'on avait éparpillé le hachis au milieu du trottoir. Leurs marguerites, leurs pétunias, leurs capucines… difficile d'en parler. On aurait dit que les fleurs n'avaient jamais existé.

Bref, on avait tourné le dernier *Rambo* sur la pelouse de la maison, la quatrième guerre mondiale venait d'éclater ou Charbon, mon tout petit Charbon, était devenu fou. Il avait attrapé la rage, le *distemper* ou un autre sapristi de mocheté de microbe pas rigolo du tout. J'ai fini par comprendre… un peu plus tard.

Un peu plus tard, quand je l'ai vu sauter dans l'arbre à côté de la maison, grimper sur la corniche et aboutir sur le toit. La chatte tigrée était là-haut. C'était elle, le sapristi de mocheté de microbe pas rigolo qui lui ravageait le cerveau!

Je ne saurai jamais comment la démone a réussi à attirer tous les matous du quartier. Quelques heures après commençait sur le toit de notre vénérable maison le concert le plus long, le plus nocturne et le plus paniquant de la décennie.

Aux alentours de minuit, un premier petit comique appelait la police. Un deuxième, les pompiers. À deux heures du matin, le boulevard Saint-Joseph ressemblait presque à la rue Sherbrooke, le jour du défilé

de la Saint-Jean. Sauf qu'évidemment personne n'avait l'air content.

Je ne sais pas ce qui m'a pris d'apostropher Mam' Crochu. De la traiter de grosse prune ratatinée! De vieille sorcière! Et de lui crier devant tout le monde d'avertir les Casques bleus, tant qu'à faire!

J'en voudrai toujours à tante Béatrice de m'avoir traînée de force jusqu'à la maison. Tirée comme une poche de patates jusqu'à mon lit. Puis couchée, tout habillée, comme le dernier des bébés.

Je lui en voudrai toujours, parce que c'était drôlement cruel d'avoir l'émeute du siècle sous sa fenêtre sans pouvoir y participer.

Il devait être cinq heures du matin quand le boulevard a repris ses allures de boulevard ordinaire. Dehors, les petits moineaux commençaient leur grabuge. Ils piaillaient à tue-tête dans les lilas de Mme Dumas. À croire qu'ils n'avaient rien entendu du pow-wow de la nuit.

Je ne sais pas ce qui m'a fait penser si fort à Charbon. Chose certaine, c'est sous ces mêmes lilas que je l'ai aperçu la première fois. Il sautillait, maladroit, parmi les autres chatons et j'ai su tout de suite qu'il serait à moi pour la vie.

Ça me chicotait tellement de ne pas savoir ce qu'il lui était arrivé que j'ai décidé de sortir de la maison et d'aller patrouiller dans les environs.

Chapitre II
Du Metallica
ou du Kiss

Dehors, la rue était déserte. Je l'ai appelé longtemps:

— Viens, mon Charbon! Viens, mon bébé!

Puis:

— Espèce de coureur de galipote… Si jamais je t'attrape… tu auras affaire à moi!

Pour en avoir le coeur net, je me suis glissée à plat ventre sous la galerie. J'ai tâté partout. Pour rien, d'ailleurs.

J'ai décidé d'aller faire un petit tour dans la ruelle de la rue Garnier jusqu'au garage de Marco Tifo. Dans la ruelle de la rue Laurier, derrière la maison de Marise Cormier. Ensuite, rue Papineau, rue Gilford et l'avenue du Mont-Royal.

Je revenais vers Saint-Joseph quand j'ai aperçu, de loin, quelqu'un qui remontait le boulevard. Par un hasard de tous les diables, il cherchait son chat, lui aussi.

J'ai dit en approchant:

— Je suppose que ton chat était sur notre toit à hurler avec les autres?

Il m'a regardée, la bouche ouverte, sans comprendre. J'ai pensé qu'il devait habiter sur une autre planète pour ignorer absolument tout du grand chiard de la nuit.

J'ai pris deux secondes pour éclairer sa lanterne. Lui parler du grand concert, des policiers, des filets, des échelles et des pompiers.

Aussi bien vous l'avouer tout de suite, je n'ai jamais vu de ma vie un gars aussi blond, avec des cheveux aussi longs, grimper dans un poteau de téléphone. Un hangar. Un mur de briques et une corniche.

Je n'ai jamais vu, non plus, un gars arpenter avec autant d'ardeur le toit d'une maison. Tellement que, bien avant qu'il redescende, j'ai crié:

— C'est toi… hein… le gars que j'ai vu escalader l'Everest, l'autre jour, à la télé?

Il a répondu:

Rosalie à la belle étoile

— Non, mais tu m'as peut-être vu y jouer du *heavy metal* avec les Yétis.

Sur le coup, je ne l'ai pas cru. C'est seulement quand il a remis les pieds sur le plancher des vaches… seulement quand je l'ai imaginé avec une guitare électrique hurlant du Metallica ou du Kiss, que j'ai reconnu Roy Richard, le chanteur-vedette du groupe le presque plus populaire du pays. Pourtant, j'avais une bonne dizaine de leurs affiches géantes collées sur les murs de ma chambre.

Je me suis mise à dérailler. Comme si j'avais Brad Pitt, Prince ou Michael Jackson devant moi. Je pouvais tendre la main pour le toucher. D'ailleurs, c'est exactement ce que j'allais faire. Il a reculé en disant:

— Désolé pour ton chat. Un malheur est si vite arrivé. À ta place, j'irais faire un tour à la fourrière. Je m'excuse, je dois rentrer.

J'ai marmonné bêtement:

— On vient à peine de se rencontrer!

Et, pour le retenir, j'ai raconté n'importe quoi. Que le *heavy metal*, pour moi, c'était pareil à une pizza hawaïenne! À un *Big Mac*! À une poutine! Que je ne pouvais plus m'en passer! Que je dormais avec une pile de photos de chanteurs rock sous mon oreiller! Que j'avais déjà avalé, morceau par morceau, une affiche géante de Bon Jovi!

Il n'a pas ri ni rien. Il a juste haussé les épaules en disant:

— Tu es plutôt du genre «groupie», si j'ai bien compris.

J'ai répondu:

— Tu n'as jamais si bien dit.

Ça a été plus fort que moi, je n'ai pas pu m'empêcher de le dévisager jusqu'à ce qu'il soupire:

— Ce n'est pas que ça m'agace... J'aimerais mieux que tu regardes ailleurs.

J'ai soupiré à mon tour:

— Je vais essayer.

Ce fut la chose la plus difficile de ma vie. Malgré la sapristi de mocheté de force magique qui me poussait à le regarder, j'ai réussi à fixer ma montre. Et, sans que je le lui demande, il s'est mis à parler de lui.

J'ai appris que son chat s'appelait Thomas. Lui, Richard Robitaille. «Roy», c'était uniquement parce qu'il espérait, un jour, faire carrière aux États-Unis. Pour l'instant, il chantait surtout au Québec. Justement,

ce soir, au parc Fullum, il donnait son premier concert en plein air. Ça commençait
à la noirceur! Tout le monde pouvait y
aller et c'était gratuit!

Je m'en voudrai toujours d'avoir tant insisté pour qu'il me signe un autographe. Il
a viré les talons:

— À ce soir, peut-être! Je te l'ai dit… je
suis pressé.

Il a dû faire une bonne dizaine de pas
avant que je me réveille et que je lui crie:

— Moi, je m'appelle Rosalie! Rosalie
Dansereau!

Et, dans un dernier effort pour le retenir
encore:

— Ton chat Thomas est peut-être à la
fourrière.

Je n'ai jamais vu un gars revenir aussi
vite sur ses pas. Me regarder avec le pôle
Nord dans les yeux et lancer, comme si
j'avais dit la pire des sapristi de mocheté
d'énormités:

— Thomas, c'est le diable en personne!
Personne ne peut l'approcher, tu m'as
compris?

Il a éclaté de rire. J'ai frissonné comme
si un vent mauvais avait balayé tous les
lilas du boulevard. Finalement, je me suis

trouvée pas mal idiote. Surtout qu'il avait déjà tourné le coin. Surtout qu'il était un peu tard pour lui courir après.

Chapitre III
Scrabble ou Monopoly

Je suis restée dix bonnes minutes à rager dans la rue. Dix minutes à fixer l'asphalte en imaginant le beau Roy Richard chanter sa plus belle chanson pour moi toute seule. C'est-à-dire pour la sapristi de mocheté de tarte que j'étais.

J'ai failli grimper à mon tour sur le toit pour voir, au loin, le fameux parc où il allait jouer. J'ai pensé à mes tantes. Ça m'a enlevé net l'envie de rentrer à la maison.

J'ai plutôt décidé de remonter la rue Laurier et d'aller réveiller Julie Morin, ma meilleure amie. Je venais d'avoir une bonne idée. Une sapristi de bonne idée. Presque la meilleure idée de ma vie.

Arrivée chez Julie, je me suis installée sous sa fenêtre. J'ai lancé une petite poignée de cailloux en chuchotant:

— Psitt! C'est moi, Rosalie! Moi, ta meilleure amie!

Elle n'avait pas l'air de comprendre, alors j'ai crié de toutes mes forces.

— C'est une question de vie ou de mort, Julie Morin! Tu m'entends?

Cette fois, pour m'entendre, elle m'a entendue! Elle est apparue, blanche comme un drap, les baguettes en l'air, en se lamentant:

— Tu es folle ou quoi? Il doit être à peine six heures du matin!

J'ai précisé:

— Six heures dix-sept exactement.

Et, pour qu'elle m'ouvre la porte immédiatement, j'ai répété:

— C'est super, hyper urgent! Presque une question de vie ou de mort!

Trente secondes plus tard, j'étais installée à côté d'elle dans son lit. Il ne restait qu'à me coller dans son dos en lui disant pour la faire languir:

— Je viens de rencontrer le gars le plus hallucinant de la planète. Tu ne devineras jamais qui!

Julie n'a pas réagi ni rien, seulement

bâillé comme pour m'avaler.

J'ai pris mon courage à deux mains et j'ai continué:

— C'est une super vedette. Il est beau. Il est blond. Il a les cheveux super longs. Il joue du *heavy metal*. Il grimpe terriblement vite dans les poteaux.

Pour faire sa fine, elle a marmonné, pas très gentiment d'ailleurs:

— Je suppose qu'il mange des bananes, aussi!

J'ai fait celle qui n'avait pas entendu. J'ai préféré lui clouer le bec définitivement:

— C'est le beau Roy Richard! Lui, en personne, qui nous a invitées, ce soir, à son premier concert en plein air de l'année.

J'ai ajouté que ce serait également le concert le plus délirant de l'été. Qu'elle serait bête comme la lune de ne pas en profiter.

Mine de rien, j'ai souligné qu'il n'était pas nécessaire d'en parler à nos parents. Que, dinosaures comme ils l'étaient, mes tantes surtout, il était préférable de raconter qu'on allait jouer toute la soirée au Monopoly. Qu'on dormirait l'une chez l'autre.

Elle devait être drôlement endormie pour me demander «où» on allait réellement passer la nuit. Ça ne prenait pourtant pas la tête à Papineau pour comprendre que c'était selon.

Elle m'a découragée net en déclarant avec son petit air toujours au-dessus de ses affaires:

— Je ne suis pas du genre à jouer au Monopoly! Ni à écouter du *heavy metal*, même chanté par le beau Roy Richard! De toute façon, j'haïs ça à mort, les mensonges!

Croyez-le ou non, il m'a fallu des heures, ensuite, pour lui expliquer que tout ça n'était pas vraiment un mensonge. Seulement une demi-vérité. Au fond, la vérité vraie, c'était que le spectacle se terminerait si tard... qu'on n'aurait pas à dormir. Aux petites heures le lendemain, on passerait, ni vu ni connu, par la fenêtre de leur sous-sol. Il suffisait de la déverrouiller.

Qu'enfin, je ne voyais pas d'inconvénient à jouer au Scrabble plutôt qu'au Monopoly. Mais que si elle continuait à faire la sainte nitouche, elle finirait comme une sapristi de mocheté de vieille fille, toute seule, à taper, le reste de ses jours, sur son ordinateur.

Je lui ai dit aussi de ne pas s'en faire pour ses vêtements. Au cours de l'après-midi, j'irais chaparder quelques affaires chez mes tantes. J'avais plein d'idées géniales pour nous habiller.

En fin de compte, je l'ai convaincue en soupirant:

— Je ne t'ai pas raconté... mais j'ai un mauvais pressentiment. J'ai téléphoné vingt fois chez Pierre-Yves. Il ne m'a pas rappelée. Si jamais il tombe amoureux d'une autre fille... je te jure que je vais en mourir!

En tout cas, elle m'a un peu crue parce qu'elle m'a aussitôt prise dans ses bras et m'a dit tout plein de choses pour me consoler. Des choses comme: si je n'étais pas spécialement la plus jolie, la plus belle, la plus frappante, j'étais sûrement la plus intelligente! De toute façon, ce soir, elle ne me laisserait pas tomber.

J'en ai profité pour la faire jurer. Elle a commencé par hésiter, elle a fini par ronchonner:

— ... Juré! Craché!

J'étais presque assoupie quand elle m'a parlé du boudin de sa tante Georgette. Mes cheveux avaient, paraît-il, la même odeur. Moi, je rêvais déjà à Roy Richard. J'ai fait semblant de ne pas entendre et, sans le vouloir… je me suis endormie.

Chapitre IV

Tarte aux pommes et colorants alimentaires

À quinze heures, je me suis réveillée perdue, toute seule, en sueur et affamée. J'avais aussi l'impression désagréable d'avoir oublié quelque chose. Quelque chose de super important.

Julie est entrée en coup de vent. Elle avait dans les mains un bol rempli de maïs soufflé, une bouteille de *ginger ale* et le téléphone cellulaire de son père. J'ai tout juste eu le temps de dire MIAM! MIAM! qu'elle m'annonçait:

— Ça ne me fait rien, mais… si j'étais toi… j'appellerais à la maison. Tes tantes viennent de téléphoner. Elles te cherchent partout!

Entendre parler d'elles m'a coupé net l'appétit. J'ai pris mes cliques et mes claques. J'ai dit *Ciao!* à Julie et j'ai déguerpi.

J'avais tellement peur, tout à coup, que mes plans tombent à l'eau. Peur que tante Béatrice me traîne encore comme une poche de patates et m'enferme dans ma chambre. Finalement, en entrant, j'ai immédiatement compris que j'avais paniqué pour rien.

À cause de la nuit blanche de mes tantes, je suppose, la maison avait pris des allures d'hôpital pour grands malades. Avachies dans leur salon, l'encéphalogramme à plat, les réflexes frôlant le zéro absolu, mes sept tantes regardaient, ce qui est super rare, une émission super nulle à la télévision.

Si nulle, d'ailleurs, que je me suis demandé sérieusement laquelle des sept avait eu assez d'énergie pour téléphoner chez Julie.

C'était le moment ou jamais de leur parler de la grande partie de Scrabble de ce soir chez les Morin. De leur dire aussi que je coucherais chez mon amie.

Le moment surtout d'«emprunter» les colorants alimentaires de tante Alice. Le sac de couchage tout neuf de tante Béatrice.

Rosalie à la belle étoile

La boîte à couture de tante Diane. Les deux chaînes de bicyclette de tante Élise. La veste de cuir caramel de tante Florence. Les deux briquets Bic de tante Gudule et la trousse complète de maquillage de théâtre de tante Colette, avec une... vraie de vraie paire de bottes de combat lacées jusqu'aux genoux et tout et tout.

Croyez-le ou non, c'est tante Alice qui m'a proposé sa dernière tarte aux pommes. Pour remercier les parents de Julie.

J'avoue que j'étais pas mal honteuse en quittant la maison. Dehors, je l'étais un peu moins. Arrivée chez Julie, je ne l'étais plus du tout.

En chemin, j'étais devenue légère comme un petit moineau. Pour la première fois de ma vie, j'avais toute une nuit devant moi. Je pouvais faire ce que je voulais. Aucune de mes tantes ne le saurait.

***

J'ai filé directement dans la chambre de Julie. Je lui ai fait signe de bien verrouiller la porte. J'ai déballé tout mon barda sur le plancher. Ça ne l'a pas impressionnée. Elle a à peine jeté un petit coup d'oeil sur mes

Doc Martens en disant:

— Ne compte pas sur moi, Rosalie Dansereau, pour me déguiser en folle. Ni pour
raconter des histoires à mes parents!

J'ai répondu sans m'énerver ni rien:

— Tes parents… je m'en occupe per-
sonnellement!

J'avoue que, en déposant la fameuse
tarte aux pommes sur le comptoir de leur
cuisine, j'étais moins sûre de moi. Malgré
tout, j'ai déclaré le plus naturellement possible:

— C'est pour vous, madame Morin. Un
cadeau de tante Alice! Elle en a cuisiné des
tonnes pour le grand tournoi de Scrabble
de ce soir!

Et, le nez en l'air pour éviter ses yeux
terriblement pointus:

— C'est tante Élise qui a tout organisé
pour mes amies. Elle en a invité quelques-
unes à dormir à la maison. C'est déjà O.K.
pour Marise Cormier, j'espère que ce le
sera aussi pour Julie.

Mme Morin a paru surprise. Ses yeux
ont fait la navette entre Julie et moi. Elle a
fini par baisser son sapristi de mocheté de
regard vers la tarte aux pommes en disant:

— Je n'y vois pas d'inconvénient. Le

Scrabble est un jeu de société si intéressant!

Et, glissant le fameux dessert sur une tablette du frigo:

— C'est bien gentil de la part de ta tante Alice!

Soulagée, j'ai presque eu envie de l'embrasser. Je me suis retenue quand j'ai vu la pâleur de Julie.

Pour éviter qu'elle ne fasse une bêtise ou qu'elle ne tombe carrément dans les pommes, je l'ai poussée vers sa chambre. Il ne restait qu'à lui laisser deux petites minutes pour récupérer. Puis à descendre au sous-sol préparer la soirée la plus délirante de notre vie.

Chapitre V
Mémère et grand pic

Du moins, c'est ce que je croyais. Mais... c'était compter sans la tête de cabochon de Julie Morin. Parce que, croyez-le ou non, ma meilleure amie a refusé mordicus de s'arranger un peu.

Je veux dire de s'accrocher, comme tout le monde, une ou deux épingles de sûreté quelque part sur sa petite personne. Refusé de s'enrouler autour de la taille la moindre chaîne de bicyclette. Refusé aussi le demi-dé à coudre de colorant bleu turquoise que j'avais choisi exprès pour lui colorer le chignon.

Si bien que, en quittant en cachette le sous-sol de ses parents, elle portait toujours son éternel bermuda kaki, ses sandales orthopédiques, ses lunettes rondes et sa sa-pristi de mocheté de vieille chemise à carreaux.

Moi, avec les cheveux mi-rouges, mi-mauves, mi-bleus. La veste de cuir caramel de tante Florence. Les bottes de combat de tante Colette dix fois trop grandes pour moi... Je ressemblais, selon Julie, à un grand pic du Canada. Bref, j'avais l'air si fou, je lui faisais si honte, qu'en chemin elle a changé de côté de rue au moins dix fois.

Incroyable, mais ça la dérangeait aussi que quelques sauriens de l'âge de mes tantes me pointent du doigt ou me dévisagent en riant. Je l'ai laissée faire. Je savais qu'en arrivant là-bas, c'est elle, Julie Morin, qui aurait l'air d'une mémère.

Avec tous ses chichis, j'ai eu peur qu'on rate le début du spectacle. Pour accélérer le tempo, j'ai eu le malheur de la pousser dans le dos. Toujours aussi tête de cabochon, elle s'est figée net. Et, pour me faire enrager, elle s'est mise à scruter le ciel. Pour me signaler, un siècle et demi plus tard:

— Regarde au nord... À la vitesse où

les petits nuages s'entassent, ce sera bientôt le déluge. Si tu veux mon avis... on devrait retourner illico à la maison.

— Justement, Julie Morin, ton avis…
on s'en fout!

Je l'ai regretté tout de suite. Heureusement, elle est repartie dans la bonne direction. Je l'ai suivie sans la tirer, sans la
pousser, sans dire un mot. On a bifurqué
dans la rue Messier, on était presque ar-
rivées.

C'est bête, mais en apercevant le parc
Fullum, plein à craquer, j'ai failli, à mon
tour, tomber raide dans les pommes. C'était
la première fois que je le voyais la nuit. Je
veux dire après vingt et une heures. J'ai
chuchoté à l'oreille de Julie:

— Je rêve! Pince-moi!

Et en pirouettant:

— C'est ça, hein... la liberté! La sapristi de mocheté de liberté!

Elle n'a pas répondu, mais j'aurais pu
jurer qu'elle m'approuvait. Enfin, plus on
approchait, plus on entendait des rires et
des cris. Plus il y avait d'électricité dans
l'air. Plus il y avait de monde, surtout. De
tous les âges. Habillés n'importe comment. J'ai éclaté de rire en lançant:

— En tout cas, les grands pics du Canada, ça ne dérange personne ici!

J'ai pensé: «Les mémères non plus...», mais je ne l'ai pas dit.

Devant nous, ça s'est mis à scander: «On veut Roy Richard! On veut Roy Richard! On veut les Yétis! On veut les Yétis!»

J'ai commencé à paniquer. Une clôture de deux mètres de haut entourait le parc. Pour pénétrer à l'intérieur, il fallait se mettre au bout d'une file interminable.

Écoeurée, j'ai songé au sac de couchage de tante Béatrice. Je me suis trouvée un peu patate de l'avoir apporté. C'est là que ma meilleure amie m'a annoncé sa première bonne nouvelle de la journée:

— Je ne t'ai pas dit, mais... je connais le coin comme le fond de ma poche. Quand j'étais petite, mon grand-père Morin m'amenait souvent jouer ici. Si tu me suis, si rien n'a changé... dans quatre minutes et demie, tu pourras installer ton barda à un mètre de ton Mick Jagger à la noix.

Évidemment que je l'ai suivie. Et parce que l'arbre de son enfance existait toujours, on a pu retrouver la brèche dans la clôture. S'y glisser et aboutir au pied de l'estrade.

Il était temps. Les gens autour avaient cessé de siffler. Les lumières du parc se sont éteintes. Les musiciens sont apparus. Roy, lui, enveloppé dans une cape terriblement longue, terriblement noire, terriblement diabolique.

Difficile à comprendre mais, sur la scène... il m'a paru mille fois plus beau. Plus grand. Plus blond que le Richard Robitaille rencontré dans la ruelle aux petites heures du matin.

Aux premiers accords des guitares, tout a explosé. La foule s'est mise à crier, à hurler, à sauter et à danser aussi. C'était mon premier concert *heavy metal*, et j'ai compris que ce ne serait pas mon dernier.

Je me suis juré d'apprendre par coeur toutes les paroles de ses chansons. Je me suis juré aussi de suivre tous ses sapristi de mocheté de spectacles. Même s'il allait jouer à Québec. À Sorel. À Mont-Laurier. À Chicoutimi ou à Chibougamau.

Aucune de mes tantes ne pourrait m'en empêcher. Entre Roy Richard et moi, il y avait quelque chose de trop fort, de trop magique, de trop particulier, de trop spécial. Notre rencontre de ce matin était plus qu'un hasard... c'était un signe. Oui. Un SIGNE.

Rosalie à la belle étoile

Je ne sais plus ce qui m'a pris, subitement, de vouloir à tout prix attirer son attention. Chose certaine, j'ai réussi à grimper sur la scène avec deux briquets Bic allumés.

J'ai réussi malgré Julie qui me retenait à deux mains en hurlant que j'étais folle à lier. Je n'ai rien entendu. Il faut dire qu'il y avait un bon bout de temps que j'avais oublié mon amie.

Je ne sais pas non plus ce qui m'a pris d'approcher, approcher, approcher. De tendre la main vers les cheveux blonds de Roy. J'ai vu le chat à la dernière seconde. Je l'ai vu agrippé à son épaule. C'était le chat le plus gros, le plus monstrueux que j'aie jamais rencontré dans ma vie.

Une de ses pattes s'est détendue comme un ressort. J'ai essayé de reculer. Une volonté mille fois plus forte me clouait sur place. Le chat Thomas a ouvert sa gueule écœurante de chauve-souris. J'ai cru qu'il allait m'avaler. J'ai lâché les briquets. Je me suis mise à hurler.

Je me demande ce qui serait arrivé si Julie n'avait pas trouvé le courage de grimper sur la scène à son tour et de me traîner jusqu'au sac de couchage. Surtout que les

Yétis continuaient à jouer, Roy Richard à chanter, comme si mes cris faisaient partie du spectacle.

La tête enfouie dans le cou de mon amie, j'ai répété longtemps que le chat Thomas n'était pas un chat ordinaire. Qu'il était vraiment le diable en personne! Qu'il fallait me croire!

La pluie a commencé d'un coup. Ça m'a drôlement calmée. La place s'est vidée à la vitesse de l'éclair. Sans trop me bousculer, Julie s'est mise à ramasser mon barda. Je l'ai un peu aidée à plier mon sac de couchage. Après avoir récupéré les briquets abandonnés sur la scène, elle m'a tirée par la manche vers la sortie.

Chapitre VI
Une Honda vert pomme

En chemin, je filais un si mauvais coton qu'on n'a parlé de rien. La pluie s'est remise à tomber dru. On s'est servies du sac de couchage de tante Béatrice comme parapluie. J'en ai profité pour m'installer derrière Julie. Mettre mon cerveau sur le pilote automatique. Poser un pied devant l'autre et fermer les yeux.

Une quarantaine de minutes plus tard, je me suis réveillée BADANG, tête première, dans le dos de mon amie. Elle venait sans tambour ni trompette de s'arrêter net. Pétrifiée, paralysée par une sapristi de mocheté de vision pas agréable du tout.

Je l'ai entendue gémir:

— Pas vrai!

J'ai relevé un pan du parapluie. Je n'ai pas compris tout de suite. Seulement remarqué qu'à une heure pareille, il y avait un peu trop de monde dans la rue. J'ai pensé à un accident. Après tout, un accident, ça peut arriver n'importe où, même devant la porte de sa meilleure amie.

J'ai remarqué aussi que l'intérieur de la maison des Morin était drôlement illuminé. Comme la nuit du réveillon de Noël. Remarqué surtout que la Honda vert pomme stationnée derrière la deuxième voiture de police me rappelait un peu trop la vieille bagnole de tante Diane. J'ai dit à Julie:

— Je rêve! Pince-moi!

Puis:

— Si on s'enfuyait... je ne sais pas, moi... quelque part en Californie!

Julie, sans me regarder ni rien, a laissé tomber le sac de couchage FLUTCH! sur le trottoir, les deux chaînes de bicyclette, les deux briquets Bic... avant de lancer:

— J'en ai assez de toi, Rosalie Dansereau! Assez de toi et de tes histoires à dormir debout! Je commence à comprendre ta tante Béatrice! Je commence même à comprendre Pierre-Yves Hamel!

Sur le coup, je suis restée figée. Figée aussi quand elle a annoncé qu'une de mes tantes venait de nous apercevoir! D'oublier la Californie! Parce qu'à la vitesse où elle descendait l'escalier, ça allait barder!

***

Ce n'est pas tous les jours qu'une trentaine de personnes vous sautent dessus en même temps. Pas tous les jours qu'on vous

233

tâte, vous serre, vous embrasse en vous accusant des pires monstruosités.

Pas tous les jours que six policiers en uniforme vous demandent la vérité, la vraie. Que votre tante la plus douce vous éponge le front à grands coups de queue de chemise en disant:

— Laissez-la tranquille... Vous ne voyez pas qu'elle est blessée! Elle saigne! Elle risque de tomber sans connaissance!

C'était le fameux colorant alimentaire qui me dégoulinait providentiellement sur le front. Les coulées devaient ressembler à des filets de sang. J'en ai profité... j'ai pris ma tête à deux mains, j'ai levé les yeux vers les policiers et j'ai dit en reniflant:

— La vérité... la vraie... c'est que vous, les adultes, vous ne comprenez vraiment rien à l'amour! Encore moins aux peines d'amour! Encore moins à l'envie effrayante de mourir pour toujours!

Malheureusement, ça n'a pas empêché ma meilleure amie de hausser les épaules. Les policiers de poser et reposer les mêmes questions. Comme si ça prenait le quotient intellectuel de Marie Curie pour faire le lien entre l'heure avancée de la nuit, ma tenue vestimentaire, ma coiffure

Rosalie à la belle étoile

et l'énormité d'une peine d'amour.

Ça n'a pas empêché non plus la mère de Julie de s'entêter à parler de Scrabble. Tante Alice, de tarte aux pommes. Tante Béatrice, de sac de couchage imbibé d'eau comme une éponge.

Ça n'a pas empêché... Alors j'ai réalisé que, pour calmer les esprits, je devais faire pitié encore davantage.

Je me suis repris la tête à deux mains. Cette fois, en laissant pendre légèrement ma langue sur le côté. À tour de rôle, j'ai fixé les policiers, mes sept tantes, le père, le frère, la mère de Julie. Ses oncles, ses tantes, les voisins, les amis et j'ai dit, comme si j'allais expirer dans la seconde:

— Tout est de ma faute! De ma sapristi de mocheté de faute! C'est moi, moi seule qui ai menti! Menti pour le Scrabble! Menti pour la tarte aux pommes!

«Moi, moi seule qui ai traîné de force ma meilleure amie à un concert des Yétis au parc Fullum. Moi qui mérite qu'on m'enferme à nouveau dans ma chambre. Qu'on couche tout habillée comme le dernier des bébés.

«Moi, la pire sans-coeur. La pire ingrate. La pire menteuse. La pire *détourneuse* de vérité. Moi, l'orpheline que Pierre-Yves Hamel, mes tantes et presque tout le monde sur cette planète auraient mille millions de fois raison de vouloir abandonner... je ne sais pas, moi... quelque part entre la Baie-James et le Témiscamingue.

J'aurais pu continuer pendant des heures. Mais je venais de voir apparaître une larme sur la joue de tante Alice. Je savais que la plus douce de mes tantes, celle qui ressemble le plus à ma vraie mère dans son ciel, prendrait la relève et inventerait n'importe quoi pour m'excuser. J'en étais sûre. Je me suis trompée.

C'est tante Béatrice, le Céleri surveillant, qui m'a attrapée par le collet. Elle qui m'a traînée, comme une vieille poche de patates, jusqu'à la maison. Elle qui m'a déshabillée, lavée, désinfectée de la tête aux pieds, puis couchée comme le dernier des bébés.

Je suis certaine qu'elle pense sérieusement à l'orphelinat, à la Baie-James ou au Témiscamingue. J'en suis presque certaine.

Chapitre VII
Timinie

Le lendemain, je me suis réveillée tard, de mauvaise humeur et avec l'impression désagréable, encore une fois, d'avoir oublié quelque chose de super important.

Pourtant, les nuages de la veille avaient disparu. Il faisait un soleil radieux. Et, comme ça arrive souvent après la pluie, les lilas de Mme Dumas embaumaient l'air davantage.

Difficile de savoir comment tante Béatrice a fait pour deviner. Mais… à l'instant où j'ouvrais les yeux, elle entrait dans ma chambre avec un bol de gruau, un muffin au son et un verre de lait. Je n'avais pas très faim. À cause de son allure de police montée, j'ai tout avalé sans dire un mot.

J'ai compris par la suite qu'elle avait attendu mon réveil pendant des heures. Elle avait une chose importante à me dire.

À son ton, j'ai su qu'elle allait m'annoncer une sapristi de mocheté de mauvaise punition. C'est vrai que, depuis hier soir, je m'y attendais un peu. Enfin, elle a pris son petit air mi-pincé, mi-navré que je hais tant et elle a dit:

— Au début, on n'était pas d'accord, toutes les sept. Alice voulait te priver de dessert. Colette et Gudule, de télévision. Florence, Élise et Diane, de sorties avec tes amis. J'ai réglé la question. J'ai décidé de te priver et de dessert, et de télévision, et de sorties avec les amis jusqu'à la fin de l'année scolaire. La punition commence dès maintenant et… il n'y a absolument rien à négocier.

J'ai ravalé un cri. J'ai essayé. Mais ça a été plus fort que moi. Je me suis jetée sur mon lit en hurlant:

— C'est injuste! Il reste encore un mois, deux semaines et deux jours d'école avant les grandes vacances de l'été! Personne ne punit leurs enfants, aujourd'hui! Ce n'est plus à la mode! C'est super, hyper dépassé!

Rosalie à la belle étoile

Ça n'a rien donné. Le Céleri surveillant a quitté la chambre aussi police montée qu'à son arrivée. J'ai serré les dents, j'ai essayé de comprendre. Tranquillement… j'ai compris.

J'ai compris qu'il y a des jours où on ne devrait jamais se montrer le bout du nez. Jamais lever le petit doigt pour protester. Jamais ouvrir la bouche pour s'expliquer. Il y a des jours où on devrait seulement rabattre sa tignasse d'Indienne javanaise comme une sapristi de mocheté de rien du tout, puis chialer.

C'est exactement ce que j'ai fait, d'ailleurs. Et ce que je faisais encore quand j'ai entendu un miaulement si déchirant que mon sang s'est figé net.

Les jambes en guenille, je me suis approchée de la fenêtre. C'était Timinie qui se désâmait, en bas, sur le trottoir. Elle me fixait avec une telle intensité que mon coeur s'est serré. Serré. Serré.

Elle qui n'est pas sportive pour deux sous, je l'ai vue bondir dans l'arbre à côté de la maison. Escalader la corniche. Sauter en vol plané sur le rebord de ma fenêtre pour aboutir pile sur la carpette de ma chambre.

J'ai compris qu'il se passait quelque chose de grave quand elle s'est glissée dans le panier de Charbon en miaulant comme une perdue.

Chapitre VIII
Mon pauvre Charbon!

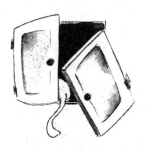

Je ne suis pas sportive pour deux sous, moi non plus. Pourtant, je n'ai pas hésité. J'ai attrapé Timinie. Je me suis glissée, à mon tour, sur le rebord de la fenêtre. Me suis cramponnée à la corniche. J'ai sauté dans l'arbre. Dégringolé plus ou moins dans l'ex-parterre de pétunias. Sur le trottoir, j'ai dit à la chatte de Pierre-Yves:

— Je te suis.

Elle a déguerpi comme une flèche. Filé un bon bout sur le boulevard avant de bifurquer dans la rue Papineau. Je courais derrière elle aussi vite que je le pouvais. Parfois, je perdais le souffle, je ralentissais. Timinie m'attendait.

Au coin de la rue Laurier, elle s'est arrêtée devant une ancienne pizzeria. Le local semblait abandonné depuis longtemps.

Sur la façade, on avait placardé les fenêtres avec de la tôle ondulée. Timinie s'est glissée dans une ouverture pas plus grosse que mon poing.

J'ai dû chercher pendant cinq bonnes minutes avant de trouver un endroit assez grand pour me faufiler à mon tour.

À l'intérieur, ça sentait le renfermé, la sauce aux tomates et le vieux poisson pourri. Il faisait sombre, presque noir. Tranquillement, mes yeux se sont habitués.

L'endroit était silencieux. Trop silencieux. J'ai appelé Timinie. Trois fois. Elle n'a pas répondu. J'ai décidé d'avancer vers la porte du fond qui mène aux cuisines. D'avancer malgré la peur qui me paralysait. J'ai poussé la porte.

Il n'y avait rien. Je veux dire ni Charbon ni Timinie. Qu'un amoncellement d'assiettes, de tasses et de verres éclatés en mille morceaux.

Une boule dans la gorge, j'ai pensé aux quatorze douzaines de géraniums pulvérisés devant la maison. J'ai pensé... au chat Thomas.

Rosalie à la belle étoile

Enfin, j'ai aperçu la tête blanche de Timinie sortir d'un placard. Elle m'a regardée sans bouger, sans ronronner, sans miauler.

J'ai pris mon courage à deux mains. J'ai marché parmi les éclats de verre et de porcelaine. J'ai ouvert la porte de l'armoire toute grande. Charbon était là. Couché sur le côté, il avait les yeux fermés.

Du bout des doigts, j'ai effleuré sa tête. Il n'a pas bougé. Puis son cou, son dos, ses pattes et ses moustaches. J'ai chuchoté à son oreille:

— C'est moi, Rosalie. Tu n'as plus à t'inquiéter… Je te ramène à la maison.

Je l'ai glissé doucement dans le creux de mes bras. Il n'a pas miaulé ni rien. Il s'est laissé faire comme un grand. Deux minutes plus tard, je quittais le restaurant avec Timinie sur les talons.

En chemin, j'ai rencontré Marco Tifo. Il a dû penser à son chien Popsi, mort écrabouillé par une voiture au petit matin. Il a éclaté en sanglots. Il est parti en courant avertir Pierre-Yves et Julie, je suppose, parce qu'ils m'attendaient tous les trois sous les lilas de Mme Dumas.

À la maison, Pierre-Yves a sonné. Julie

Morin s'est jetée sur tante Béatrice en disant:

— Ce n'est pas le moment de la chicaner.

La pauvre n'a pas eu le temps de comprendre. Je grimpais déjà les escaliers en hurlant à tout le monde de me ficher la paix! De me laisser tranquille! Que je ne voulais voir personne!

Seule dans ma chambre, j'ai déposé Charbon sur mon lit. Je l'ai regardé sans y toucher. Je l'ai regardé longtemps en répétant qu'il allait guérir. Que je l'aimais. Qu'il était la chose la plus importante de ma vie. Je l'ai supplié d'ouvrir les yeux. Je l'ai supplié trois fois. Dix fois. Vingt fois. Il n'avait pas l'air de comprendre. Alors j'ai pensé… qu'il était mort.

C'est à cet instant que tante Élise est entrée. Si discrètement que je l'ai à peine entendue.

Du bout des doigts, elle a effleuré le cou de Charbon. Son ventre gonflé. Son oreille et son oeil quasiment arrachés. Elle a soupiré:

— Ne t'en fais pas, mon oiseau des îles. Il est encore vivant.

J'ai demandé en sanglotant:

— Tu en es certaine?

Elle m'a prise dans ses bras:

— Je te le jure, mon oiseau des îles. Je te le jure.

On est parties à toute vitesse, presque à l'épouvante, à la clinique de Mathilde Sansregret. Celle que tante Élise qualifie de meilleure vétérinaire de toute la province de Québec.

Chapitre IX
Mourir pour toujours

Là-bas, pendant qu'on se démenait pour sauver mon chat, je me suis écrasée sur une chaise. J'ai dû passer trois boîtes de kleenex à pleurer. J'avais si honte. J'avais tellement de peine. Je m'en voulais tellement de l'avoir oublié si longtemps. Et… comme ça arrive souvent quand j'ai le coeur aussi gros qu'une montgolfière, j'ai pensé à mon vrai père et à ma vraie mère dans leur ciel.

J'y ai pensé en les suppliant de toutes mes forces de sauver Charbon. À la fin, j'ai prié ma mère, en particulier, de prendre trois petites secondes pour en parler avec les anges.

Tant qu'à faire, d'en prendre trois autres pour éclairer mes tantes. Béatrice surtout. Depuis quelque temps, elle avait perdu tout sens de la mesure. Je songeais à mes six semaines et deux jours de punition.

J'ai terminé en disant que j'étais prête,

cependant, à rester enfermée dans ma chambre jusqu'à la fin de mes jours, si jamais... ce genre de punition pouvait aider Charbon à se remettre d'aplomb.

Enfin, tante Élise s'est approchée. Elle m'a serrée si fort dans ses bras que, pendant une seconde, j'ai imaginé le pire. Finalement, elle a desserré son étreinte en chuchotant:

— J'aimerais, mon oiseau des îles, que tu me parles de ta peine d'amour. Je veux dire de cette envie terrible, comme tu disais hier soir... de mourir pour toujours.

Prise au dépourvu, j'ai rougi et j'ai bafouillé:

— Bien... euh... j'ai un peu exagéré. Hier, c'était hier! Maintenant, avec mon grand héros viking, ça va comme sur des roulettes!

J'ai ajouté de ne pas s'en faire, surtout. Depuis mon avant-dernier malentendu avec Pierre-Yves, j'avais réussi à reprendre non seulement son plus beau coton ouaté, sa montre *Swatch*, sa casquette de baseball, mais aussi sa nouvelle paire de lunettes de soleil! Bien entendu, les blondes aux yeux bleus avaient intérêt à ne pas trop approcher! J'étais capable de les étriper!

Ensuite, je n'avais plus envie de parler.
Ni d'amour. Ni de peines d'amour. Ni de
rien, d'ailleurs. Ce qui ne m'a pas empê-
chée de lui demander, toutes les quinze secondes, si Charbon allait s'en sortir vivant.
Si elle en était certaine.

Elle répétait chaque fois:

— Je te le jure, mon oiseau des îles, je
te le jure.

C'est Mathilde Sansregret qui est venue
nous annoncer de ne plus s'en faire. Que,

dans les circonstances, Charbon allait bien. Du moins, pour l'instant! Pour son oeil gauche, elle avait tenté l'impossible. Elle espérait! Pour le reste, on en saurait davantage demain. Elle a terminé en disant:

— Il faut avoir confiance, jeune fille… allez!

Le coeur en miettes, j'ai voulu voir Charbon une petite minute. Elle m'a assuré qu'il était préférable de ne pas le déranger. De toute façon, il dormait profondément. Elle téléphonerait sans faute à la maison s'il y avait quelque chose de spécial.

J'ai insisté. En fin de compte, j'ai compris que c'était inutile. Mathilde Sansregret ne changerait jamais d'idée.

Chapitre X
Une laisse, un collier et des grelots

Ce que Mathilde Sansregret ignorait, c'est que Rosalie Dansereau, elle non plus, ne changerait pas d'idée.

Pendant que la plus grande vétérinaire du Québec discutait avec la plus grande spécialiste d'orangs-outans, de babouins et de chimpanzés du département d'anthropologie de l'Université de Montréal… j'ai fait semblant de me rendre au petit coin.

Sitôt hors de leur champ de vision, je me suis faufilée dans l'unique corridor de la clinique. Il m'a suffi de pousser deux ou trois portes interdites pour me retrouver pile devant la cage de Charbon.

Au début, je ne l'ai pas reconnu. Il faut

dire que j'osais à peine lever les yeux pour le regarder. À le voir si paisible, je l'ai examiné davantage. Il m'a fait penser à une barque échouée sur une rive. À une barque pirate... à cause des pansements, je suppose, qu'on avait croisés sur son oeil gauche.

J'ai osé glisser ma main entre les barreaux pour le caresser un peu. J'ai eu l'impression d'entendre démarrer son petit moteur à ronrons. Puis son gros moteur à ronrons.

Il était sauvé, j'en étais certaine. Alors... j'ai commencé à lui parler doucement. Tout doucement. Puis un peu plus fermement. De Timinie. De la chatte tigrée. Des boîtes à fleurs. Du concert sur le toit.

Je n'ai pas mentionné, évidemment, le chat Thomas. Seulement que c'était dangereux de courir la galipote. Très dangereux. Si dangereux que j'allais, à l'avenir, m'occuper de lui vingt-quatre heures sur vingt-quatre. Je n'aurais pas dû faire allusion tout de suite au collier, à la laisse et aux grelots.

Il a cessé immédiatement de ronronner. Il a ouvert un oeil. Un seul. Le pauvre n'avait pas le choix. Et, croyez-le ou non... Charbon, mon petit Charbon, a poussé un

MIAAAAAAOOOOOOOUUUUUU! si retentis-
sant que tout ce qu'il y avait de vivant dans
la clinique de Mathilde Sansregret est arrivé en courant. Je vous jure qu'il m'a fallu une sapristi de mocheté de bonne idée
pour m'expliquer!

Plus tard, en arrivant sur le boulevard,
Pierre-Yves Hamel, Julie Morin et mes
autres tantes m'attendaient sur le balcon.
J'ai annoncé à tout le monde que Charbon
était sauvé.

À l'air de Julie, j'ai compris que, pour les Yétis, elle ne m'en voulait plus. Pierre-Yves, lui, m'a serrée si fort dans ses bras que j'ai su qu'il n'y avait aucune blonde

aux yeux bleus dans les parages. Du moins, pour l'instant.

Avec mes tantes... ça a été plus compliqué. Les pauvres, elles, n'avaient pas assez de mots pour me dire qu'elles m'aimaient malgré tout. Qu'elles m'avaient toujours aimée! Qu'elles avaient un peu exagéré toutes les sept avec leur punition. Au fond, elles me comprenaient tellement qu'elles préféraient tout oublier. À la condition, bien sûr, que je leur promette de ne plus jamais recommencer.

J'étais si fatiguée... j'ai tout promis. Même que j'ai juré.

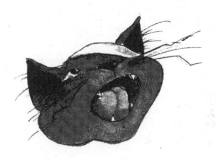

Épilogue

Finalement, on a gardé Charbon six jours à la clinique de Mathilde Sansregret. Normalement, il aurait dû rester six semaines. Comme dit la grande vétérinaire, il y a des chats qui guérissent plus vite que les autres.

Bien sûr, il porte encore une coquille sur son oeil gauche. Ça lui donne un petit air pirate que Timinie aime beaucoup, d'ailleurs. Du moins, je le pense parce qu'elle vient le voir tous les jours en grimpant dans l'arbre à côté de la maison.

Hier, à l'école, je n'ai pas été surprise d'apprendre que quelqu'un avait vu, la fameuse nuit des pompiers, une sorte de super Garfield, noir comme le poêle, énorme et pas sympathique du tout, étriper mon pauvre Charbon.

Au fond, j'ai toujours su qu'il s'était fait quasi éborgner par le chat de Roy Richard. Cependant, j'ai abandonné l'idée de la laisse, du collier et des grelots. J'ai compris que pour garder leur sapristi de mocheté de liberté, il y aura toujours des chats qui préféreront se faire avaler tout rond.

Ah oui… j'oubliais. Sur les murs de ma chambre, il n'y a plus une seule affiche des Yétis. Je n'ai pas hésité longtemps. Je les ai toutes remplacées par des photos géantes de Mathilde Sansregret.

MATHILDE
SANSREGRET

Rosalie, volume 2

Table des matières

Découvrez les autres séries de la courte échelle

Hors collection Premier Roman

Série Adam Chevalier :
Adam Chevalier

Série Babouche :
Babouche

Série Clémentine :
Clémentine

Série Fred :
Fred, volume 1

Série FX Bellavance :
FX Bellavance, volume 1

Série Les jumeaux Bulle :
Les jumeaux Bulle, volume 1
Les jumeaux Bulle, volume 2

Série Marcus :
Marcus

Série Marilou Polaire :
Marilou Polaire, volume 1

Série Méli Mélo :
Méli Mélo, volume 1

Série Nazaire :
Nazaire

Série Pitchounette :
Pitchounette

Série Sophie :
Sophie, volume 1
Sophie, volume 2

Hors collection Roman Jeunesse

Série Andréa-Maria et Arthur :
Andréa-Maria et Arthur, volume 1
Andréa-Maria et Arthur, volume 2

Série Ani Croche :
Ani Croche, volume 1
Ani Croche, volume 2

Série Catherine et Stéphanie :
Catherine et Stéphanie, volume 1
Catherine et Stéphanie, volume 2

Série Germain :
Germain

Série Maxime :
Maxime, volume 1

Série Mélanie Lapierre :
Mélanie Lapierre

Série Notdog :
Notdog, volume 1
Notdog, volume 2
Notdog, volume 3

Série Rosalie :
Rosalie, volume 1

Achevé d'imprimer en juillet 2011
sur les presses de l'imprimerie Gauvin,
Gatineau, Québec